Colonne

DU MÊME AUTEUR

Constellation, *Stock, 2014, Grand Prix du roman de l'Académie française, prix de la Vocation, prix Gironde ; Le Livre de Poche, 2015*

Capitaine, *Stock, 2018 ; Le Livre de Poche, 2019*

Un voyage. Marseille-Rio 1941, *présentation des textes et photographies de Germaine Krull et Jacques Rémy (avec Olivier Assayas), Stock, 2019*

Adrien Bosc

Colonne

roman

Stock

Ouvrage publié sous la direction
de Benoît Heimermann

*Ce livre a été publié avec le concours
du programme Stendhal de l'Institut français*

Couverture : Lucille Clerc

ISBN 978-2-234-07967-0

À Kaouther et Ismaël
À la mémoire de mon père

Il y a sous notre sol une pérégrination sauvage de cadavres épouvantés à l'idée que les vivants les retrouvent.

Manuel Vilas, *Alegría*

Colonne : corps de troupes disposé dans un ordre qui a peu de front et beaucoup de profondeur.

Le Littré

En août 1936, au début de la guerre d'Espagne, la philosophe Simone Weil, âgée de vingt-sept ans, rallie les Brigades internationales au sein de la colonne Durruti sur le front d'Aragon. Elle passe quarante-cinq jours en Catalogne. De ce séjour, nous ne savons rien ou presque. Des notes éparses d'un « Journal d'Espagne » portées sur un cahier de moleskine dont il subsiste trente-quatre feuillets, des premières impressions de la guerre civile et des phrases de grammaire espagnole consignées sur des feuilles libres. Un passeport avec les tampons de la Généralité et du Comité central des milices. Des lettres et quelques photographies.

I

DANS LA COLONNE

1

L'aube éveille le fleuve.

Au-delà d'épaisses branches de hauts genêts et d'un tapis de fougères, elle s'engouffre à travers champ. Elle s'agenouille sur le talus et rampe jusqu'à la tranchée. C'est un trou creusé dans la terre, pas plus grand qu'un homme. Lève-t-elle la tête qu'elle se voit couverte par une rivière de trembles aux troncs fins.

L'air est doux. La lumière quoique faible est belle, dorée, légère. Une rafale de vent berce les frondaisons des arbres, un héron niché tout en haut s'envole et tournoie au-dessus de l'eau. On entend un bruit, comme si une ombre sortait de la nuit. Le temps se fige. La forêt tout entière résonne. La brume plus dense à mesure que le soleil traverse les futaies de peupliers cache tout, la plaine n'est plus alors qu'un nuage dodu avachi sur un bout de terre et il l'avale. Simone ne tremble pas, elle tient ferme son fusil. On ne perçoit du va-et-vient de la barque que d'infimes bruits, des clapotis sur la coque comme des notes rapprochées. Planqués en face dans les roseaux, les compagnons lui font signe de s'avancer. Elle embarque à son tour, et s'assoit, deux bidons d'essence à ses pieds. Avant de traverser, elle demande qu'on lui engage une cartouche dans le canon de son fusil. Elle n'a pas peur.

La lumière rasante du matin sèche l'herbe. À l'entrée d'un sous-bois, on découvre allongés deux cadavres. On devine à leurs bérets rouges des requetés, ces volontaires catholiques de Navarre et d'Aragon. On les fouille. Dans l'uniforme de l'un on trouve un journal de route renseignant sur les positions de l'ennemi, et les événements auxquels il a participé. Le délégué de la colonne le glisse dans sa poche.

Quelques instants plus tard, le groupe se scinde en deux, certains poursuivent la marche du côté de la ferme ; d'autres regagnent la rive. On va chercher des melons ! gueule Pascual. Puis, plus rien ne se passe pendant de longues minutes. Comme au bord d'une cascade, le grand fracas de l'eau couvre le silence.

2

Neuf jours plus tôt, après qu'elle eut changé de train à Perpignan, Simone Weil franchissait seule la frontière. Dans sa grosse valise en cuir marron, elle avait glissé un pull d'hiver, deux lourdes chemises, cinq paquets de Gauloises, des crayons à la mine taillée, un carnet et un blouson.

Elle était en escale à Port-Bou pour passer de l'autre côté où se trouvaient les voies ferrées espagnoles. À la section locale des milices antifascistes, on avait frappé son passeport du tampon de la Généralité de Catalogne. Elle s'était jetée dans un pays en guerre car la position de l'arrière lui était insupportable. Longtemps, elle s'était crue pacifiste, incapable de porter l'uniforme et le fusil. Mais deux jours auparavant, au terme d'un rassemblement en soutien aux républicains espagnols, elle avait pris la décision de partir se battre. Elle était revenue à l'appartement familial de la rue Auguste-Comte avec l'empressement que ses parents lui connaissaient, celui-là même qui ne souffrait ni la contradiction ni la prudence, celui-là même qui l'avait conduite à quitter l'enseignement et la philosophie pour l'usine et devenir ouvrière presseuse, chaudronnière au four à bobines de cuivre chez Alsthom, puis fraiseuse à la manufacture Renault. On ne s'engage qu'entier, disait-elle. Il y va de la guerre comme de la lutte, du front comme de l'usine, la fraternité est un élan du cœur. Ceux qui l'éprouvent voient d'immoral plutôt une façon de se tenir en retrait des engagements, d'odieux cette manière de pétitionner contre le malheur sans risquer d'en éprouver le prix.

Écrire, penser, agir sont une seule et même chose.

Un chien errant l'avait reniflée aux abords de la station et depuis la poursuivait. À la terrasse du café de la rade, elle écrivait à ses parents : *Vous pouvez être tranquilles, je pars comme journaliste.* En attendant sa correspondance pour Barcelone, elle lisait les nouvelles dans un journal acheté au kiosque de la gare. En une, le siège de Saragosse et le combat naval au large des Baléares ; les résultats de l'avant-veille aux Jeux de Berlin, à la lutte et au 5 000 ; dans les Pyrénées, six boy-scouts parisiens ensevelis sous une masse de neige, deux succombent. La France transmet aux autres puissances la note définissant le principe de non-intervention ; au bas de la colonne, sous un encadré, à la rubrique des faits divers : *Dans les traits d'un noyé retiré de la Marne un homme a reconnu son fils disparu depuis plus d'un mois – mais la prétendue victime vient d'être retrouvée concierge à Paris.* Deux fois qu'elle rallumait sa cigarette et grattait les allumettes face au vent.

Le train partit en début d'après-midi direction Barcelone. À chaque arrêt, le wagon se remplissait de gamins portant le calot sur la tête et le foulard autour du cou, l'arme en évidence dans l'étui de bois. On traversait une campagne de vallons encaissés, un paysage rouge poussière et vert noirâtre frappé d'une lumière d'incendie. À Mataró ça brillait à la vue de Montserrat, le sommet cramé, l'ocre des pentes où dévalent les pluies d'été, et la mer tout en bas que le rail longe, et les usines électriques de l'autre côté. Par la fenêtre s'engouffrait le vent de la Méditerranée. Simone se tassait tout contre, respirant les bourrasques au goût de sel.

Quand elle descendit de l'esplanade de la gare de Paris, elle ne fut en rien surprise. Lui dirait-on que tout a changé, elle ne le verrait pas. C'est la même ville. Ni plus ni moins. Au mieux, c'est un décor bricolé, le déguisement d'un jour de fête. Là une église est une maison du peuple, un hôtel un quartier général, un restaurant une cantine, et partout en lettres noires ou blanches sur les murs des bâtiments ou la carrosserie des autos, comme un maquillage de mardi gras, étalé au gros pinceau, la lettrine baveuse et le point dégoulinant, le sigle des partis – C.N.T., F.A.I., P.O.U.M. Et partout des affiches enroulées aux lampadaires, et des banderoles tendues entre les fenêtres comme du linge de maison. Le vacarme de la rue, les cris d'enfants et le son des fanfares, le bruit des sabots innombrables des régiments de cavalerie sur le *paseo*, le tout convoque un sentiment de présent véritable, bouillant et terrible.

Dans la chambre qu'elle occupait au bas de l'avenue Diagonal, elle notait ses premières impressions. En contrebas de l'immeuble, sur un trottoir détroussé comme un arbrisseau, un lieutenant en faction dormait les pieds sur une caisse de munitions. L'appartement était pauvre, un lit en fer-blanc et une table en bois. Sa logeuse parlait un baragouin de français. Exaltée, elle lui avait raconté qu'en deux nuits les milices ouvrières s'étaient soulevées et que la révolution était en marche. Et que rien ne pourrait l'arrêter.

S'il n'y avait pas si peu de police et tant de gamins avec des fusils, on ne remarquerait rien du tout. Il faut un certain temps pour se rendre compte que c'est bien la Révolution, et que ces périodes historiques sur lesquelles on lit des livres, qui ont fait rêver depuis l'enfance, 1792, 1871, 1917, on est en train d'en vivre une, ici. Puisse-t-elle avoir des effets plus heureux. Rien n'est changé, effectivement, sauf une petite chose : le pouvoir est au peuple. Les hommes en bleu commandent. C'est à présent une de ces périodes extraordinaires, qui jusqu'ici n'ont pas duré, où ceux qui ont toujours obéi prennent les responsabilités. Cela ne va pas sans inconvénients, c'est sûr. Quand on donne à des gamins de dix-sept ans des fusils chargés au milieu d'une population désarmée…

3

Il paraît que c'est déguisé en Arabe que Franco a grimpé dans l'avion qui le conduisait des Canaries à Melilla. Que d'ailleurs c'était pur hasard que lui plus qu'un autre, Sotelo, Mola, Cabanellas ou Queipo de Llano, se soit trouvé au centre de la conspiration. Lui qui ne convoitait rien sinon une plus grosse paye – prêt à assassiner pour cela ses amis s'ils ne se ralliaient pas au soulèvement, ce qui arriva le 16 juillet – avant de marcher à la tête d'une troupe de Marocains enrôlés et d'étrangers de la Légion, qu'il débarqua le 19 juillet en Andalousie. Ce dont il rêvait, lui l'africaniste qui collectionnait les breloques depuis la boucherie du Rif, c'était, dans le secret des conjurateurs, le poste de haut-commissaire du Maroc, grade non pas le plus prestigieux mais le mieux payé de l'armée – et le titre de vice-roi colonial. Et rien d'autre. À présent, il avançait. Au bon endroit, au bon moment. L'assassinat du lieutenant José del Castillo, un militaire de gauche, suivi du meurtre de Sotelo en représailles, avait précipité le pays dans la guerre civile. Puis le hasard s'en était mêlé et s'amusait à propulser ce petit général avide toujours plus avant. Le 20 juillet, Sanjurjo, le chef désigné du mouvement, disparaissait dans un accident d'avion, un vol qui devait le ramener en Espagne pour conduire l'insurrection. En trois jours, les nationalistes s'étaient emparés de la Galice et de la Vieille-Castille, d'une partie de la Navarre, du León et des Asturies. En Aragon, c'est Saragosse qui était tombé aux mains des carlistes et des requetés. Mais à Madrid, à Valence et à Barcelone les factieux se heurtaient à la mobilisation des milices ouvrières. Des marins avaient exécuté des officiers rebelles ; tandis que sur d'autres navires les nationalistes avaient pendu les marins qui refusaient de les suivre.

Alors Franco, qui n'était qu'un petit général s'accommodant d'un destin commode de tortionnaire, s'était pris à rêver de dictature et *chemin faisant* du butin qu'il amasserait, en préparant dès à présent les ordres de virement et les nationalisations à son nom.

4

C'était Boris Souvarine qui avait raconté à Simone la disparition de son beau-frère Maurín. Au début de l'insurrection le fondateur du P.O.U.M. donnait des conférences en Galice quand l'offensive nationaliste l'avait piégé derrière les lignes. On le disait caché, certains assuraient qu'il était emprisonné, ou déjà fusillé, mais à vrai dire, nul ne savait bien où il se trouvait ni s'il était vivant. Elle s'était mis en tête de le sauver. Elle était persuadée qu'avec son allure de bibliothécaire elle passerait les lignes incognito. Certes, son plan s'arrêtait à son but, sauver Maurín, mais le chemin qui la mènerait de Barcelone à l'éventuelle prison, les faux papiers et sauf-conduits qu'il faudrait obtenir pour traverser deux zones en pleine insurrection, le fait qu'elle ne parlât pas un traître mot d'espagnol, tout cela, elle l'oubliait, certaine qu'on accueillerait enthousiaste son offre de mission.

C'était au bureau central, dans l'ancien hôtel Falcon, qu'elle avait rencontré Julián Gorkin. En l'absence de Maurín, il avait endossé l'habit de secrétaire international du parti et contrôlait la bonne marche du journal *La Batalla*. C'était un homme de lettres converti au combat. Il tentait de concilier l'exercice du pouvoir avec un tas d'idées qu'il avait imaginé jusqu'alors n'être qu'un vague horizon. Il était pragmatique et idéaliste, il conduisait la guerre comme on dirige une rédaction. Il l'avait reçue et écoutée longuement, la conversation avait duré plus d'une heure. Sans ciller elle avait lancé, J'ai une proposition à te faire ; j'espère que tu ne la refuseras pas. Je m'offre à m'introduire dans la zone franquiste pour savoir si Maurín est mort ou vivant, et, au cas où il serait vivant, s'il y a moyen de le sauver.

Il avait esquissé un sourire, et alors prit cet air qu'elle haït à l'instant, cet air condescendant de ceux qui savent. On l'avait entendu répondre, Ici comme dans les ordres on craint les exaltés. Et Simone s'était emportée. Gorkin l'avait écoutée s'animer de son idée fixe, tantôt distrait tantôt agacé. Son regard l'avait quittée un instant, il s'était arrêté à ses pieds sur une latte de parquet fendue, puis il avait suivi la méridienne et ce fauteuil à l'entrée et les épais rideaux occultant d'interminables fenêtres. Et, s'impatientant, il avait clos la discussion, tranchant, Simone, tu ne sais pas ce que tu demandes. Ton dévouement est extraordinaire, mais tu ne parles pas espagnol et tu ne ressembles pas aux femmes du pays. Tu seras immédiatement découverte. Tu vas au sacrifice, et non seulement tu te perdras, mais tu compromettras peut-être Maurín. Je n'assumerai jamais la responsabilité de te donner cette mission. Tu aurais quatre-vingt-dix pour cent de chances de te sacrifier inutilement.

5

À vrai dire, quand Simone Weil avait croisé les deux Charles, Ridel et Carpentier, rien ne distinguait leurs uniformes des habits qu'on leur connaissait à Paris. Ils allaient à la guerre comme on se rendait à l'usine. Carpentier, une tête de moins mais dix ans de plus, veillait sur le P'tit Charles – Ridel, ce grand gaillard au visage d'enfant, à la casquette grise fichée en permanence sur la tête, dehors comme dedans. C'était en mai dernier à l'usine Sautter-Harlé qu'ils avaient connu Simone, tandis qu'elle faisait le tour des fabriques occupées. Après la victoire du Front populaire, une autre manière de lutte s'était inventée, les ouvriers avaient tendu les hamacs entre les machines, planté le réchaud, campé dans les ateliers, immobilisé la production. Avec les *moules-à-gaufres* – un nom tout droit sorti d'un *cartoon* – Ridel et Carpentier prônaient le communisme libertaire. Il y avait dans leur bande le métallo Guyard, le camelot Ringeas, Faucier l'ajusteur et Patat le débardeur. Elle les avait invités au domicile de ses parents, l'occasion d'une drôle de blague, où Guyard, intimidé par l'appartement bourgeois, le parquet ciré et les grandes fenêtres face au jardin du Luxembourg, s'était agacé de ce que la bonne répète *Monsieur désire*, lui qui ne sachant où poser sa main appuyait à intervalles réguliers sur la sonnette de service.

Carpentier et Ridel étaient inséparables. Une belle amitié les liait, deux caractères qui s'aimaient. Carpentier, le plus âgé, avait roulé sa bosse, comme docker à Rouen, manutentionnaire aux Halles, à Bruay-en-Artois à pousser les wagonnets au fond de la mine, à Aubervilliers à livrer le charbon. C'était au début des années 30 qu'il avait croisé la route de Ridel, enfin c'était l'un des noms qu'on lui donnait à l'époque. C'était à lui seul une *fédération de pseudonymes*, de sorte qu'on pouvait dans un même bulletin clandestin lire deux ou trois papiers qu'il signait tantôt Cortvrint, Charlot, Courami, Damashki, l'Itinérant ou le Liégois. On le connaissait surtout sous le nom de Ridel, nom là aussi d'emprunt, dont il s'amusait parfois à exposer l'origine en forme de mot-valise : Charles, c'est Charlot, et donc chariot-à-ridelles. Lui aussi enchaînait les boulots, il s'était retrouvé à la mort de son père bombardé démarcheur de produits dentaires – fuyant le soir l'affreux carnet de commandes pour l'arrière-boutique de Hem Day, un libraire anar bruxellois, qui l'éveillait à l'école des bibliothèques libertaires. On le revoyait plus tard ouvrier du cuir, camelot et vaisselier à la petite argenterie, manutentionnaire sur les marchés et tout dernièrement correcteur d'épreuves dans les imprimeries.

Ils étaient en ville pour suivre le ravitaillement de la colonne et transmettre au *Libertaire* un reportage sur le début des combats. Ils lui avaient raconté l'offensive sur Saragosse et la création du groupe international. Ridel disait que leur engagement ancien trouvait ici une façon de résolution.

Cette année ou jamais ! prophétisait-il comme pour mieux s'en convaincre. Ils se persuadaient que la bataille qu'ils menaient contre les fascistes dépasserait l'impasse propre à l'anarchisme : la nature contradictoire de la spontanéité de l'insurrection et de l'organisation du pouvoir. S'interrompant l'un l'autre avec un mélange de ferveur et d'enthousiasme, ils décrivaient le voyage sur la plateforme du camion, autour d'eux la campagne désertique et le front qu'on ne devinait qu'au loin, au bruit de rares obus. Puis l'entrée dans le village de Pina, les vieilles sur la place ahuries de ce régiment d'étrangers. Au début, on parlait d'eux comme d'une horde de métèques débraillée, escortée de femmes sorcières. Les récits les plus étranges circulaient – ils attisaient autant la curiosité qu'une sourde méfiance teintée d'une couleur toute locale d'Inquisition –, mangeurs de nouveau-nés, diables au fichu rouge, enfiévrés, pesteux.

Quand ce fut son tour, Simone avait raconté entre deux bouffées de tabac, avec une distance et une ironie délicieuse, son entrevue avec Gorkin. Elle avait passé la frontière, disait-elle, pour participer aux combats. Elle s'y rendrait coûte que coûte et moquait les littérateurs de bistrot, ces chroniqueurs de guerre attablés aux terrasses.

Aussi périlleux que fût son engagement, ils s'étaient juré de se relayer pour la protéger. Par une bizarre prudence, ils assuraient de la conduire au front – et lui donnaient rendez-vous le lendemain matin au café *A la tranquilidad.*

6

Ils traversaient des villages déserts, d'autres en liesse. Ils roulaient à bord d'une Ford noire, le toit ouvert. Elle interrogeait les paysans, et Ridel et Carpentier jouaient les interprètes. Ils riaient beaucoup. C'était un trio libre qui traçait la campagne. Elle notait dans son journal des détails sur l'organisation des troupes, les effectifs, l'armement, la politique agraire et la collectivisation.

Les deux gars débordaient d'affection pour Simone. Ils appréciaient cette façon qu'elle avait de regarder le monde, une solidarité pas bêtement exaltée, quelque chose de profond, tendre, sincère. Elle possédait cette qualité rare qu'ont certains êtres : dans leurs yeux et à l'écoute de leur parole surgit un mystère qu'aucune réponse ne comble mais qu'aucun questionnement ne recouvre. Son combat ne tenait ni de la posture ni de l'air du temps, mais d'une nécessité intérieure si impérieuse qu'il annulait tout doute, ne laissait place qu'à une forme immédiate d'admiration.

À Sitges, le petit groupe s'était arrêté au local du P.O.U.M. où Simone avait reçu pour tout uniforme une combinaison de mécanicien, une paire d'espadrilles, un foulard rouge et noir et un calot aux mêmes couleurs. Devant le bâtiment, elle avait posé pour un photographe de rue. Elle affichait un demi-sourire tandis qu'elle portait en bandoulière un fusil de la moitié de sa taille. Des passants regardaient l'objectif ; l'un, le polo rentré dans le falzar et la godasse blanche, paradait, un quart de clope au bec et les mains dans les poches. L'autre type à la moustache broussailleuse était coiffé d'un drôle de képi miteux, comme une barque échouée. À sa gauche, un gosse, planté là, l'air benêt. Elle avait posté le tirage à ses parents en griffonnant au dos ces quelques mots : *chère famille, je profite de l'occasion d'envoyer un mot direct. ça va très bien. je me balade dans les patelins. je compte rentrer dans une semaine. ne soyez pas inquiets, n'est-ce pas ? pas encore de nouvelles de vous. baisers.*

À l'inverse de ce qu'elle écrivait, l'équipée se dirigeait vers la zone des combats. Le vendredi 14 août au soir, ils atteignirent le quartier général de Durruti à Bujaraloz où il dirigeait la guerre depuis une cahute en bois de cercueil plantée sous le feu ennemi. Un réduit de garde entouré de sacs de sable, cible d'entraînement des artilleurs. Elle se fit passer pour journaliste afin d'accompagner le lendemain la tournée à travers les villages. À l'arrière du convoi, dans une camionnette conduite par un allemand elle découvrit le bord de l'Èbre, ce fleuve qui délimitait la tranchée. Elle écoutait Durruti, ses discours enflammés, comment il haranguait la foule, des paysans hagards et des femmes voilées au regard sombre.

Carpentier et Ridel avaient retrouvé les rangs de la colonne. Ils consentirent à la présenter au délégué. Sur un stand de tir improvisé dans un champ, on lui apprit à manier son fusil, qu'elle porta difficilement à son épaule, et lorsque le coup partit, elle recula d'un bon mètre et la balle s'éleva dans le ciel.

7

C'était un drôle d'équipage. Un Espagnol du nom de La Calle, un Kabyle anarchiste, un Italien de Savoie qui répond au nom d'Affinenghi, un Russe blanc voleur qui offre le produit de ses cambriolages pour acheter des armes, Otto, un Allemand, Mendoza, un Cubain, l'Ukrainien Staradoff, et puis aussi Paul Thalmann dit Pavel ou Laroche, c'est selon ; deux couples, Roger et Juliette Baudard, et Hermann et Magdalena, enfin lui, tout le monde l'appelait Hans, et elle Madeleine. Marthe, une Française en ménage avec Pierre, celui qu'on avait baptisé Odéon. Georges et Jacques, deux Parisiens. Et Berthomieu, un ancien de Verdun tombé dans la débine. Tous composent le groupe international de la colonne. C'étaient Carpentier et Ridel qui avaient convaincu Durruti de créer une sorte de corps franc réunissant une formation de volontaires étrangers aptes au combat. Ça tombait bien, on cherchait des hommes pour prendre Pina, village sur l'Èbre qu'un unique pont reliait à l'autre rive et dont la gare, transformée en place forte, était aux mains des nationalistes. Louis Berthomieu, seul soldat de métier, avait été nommé délégué de la colonne, en contact direct avec le comité de guerre. Et c'était quelque peu ahuris qu'ils étaient arrivés dans ce coin paumé de l'Aragon, encore portés par l'élan de l'insurrection de juillet.

Les miliciens du groupe international formaient un agrégat de proscrits et d'idéalistes. Leur vie traduisait la profondeur d'histoires emmêlées, une collision de destins rassemblés en une communauté provisoire. Mis à part Berthomieu et La Calle, aucun ne parlait espagnol ; dans cette tour de Babel, on ne s'exprimait qu'en français. Et en mission, on se battait *en français dans le texte*.

Certains parmi eux vivaient déjà en Espagne au début de la guerre, que ce soient les réfugiés de la République de Weimar ou les participants aux Olympiades ouvrières de Barcelone. Les autres avaient accouru aux premières dépêches, car elle était belle l'occasion de tordre l'idéal, de ne plus l'imaginer, le rêver, mais de le vivre ici et maintenant.

D'une vingtaine au début de l'offensive de Saragosse, le groupe avait grossi au gré des arrivées. Simone Weil était la dernière recrue.

8

Largement édenté, habillé à la diable, Berthomieu se nourrissait de quinine qu'il mâchouillait comme un bâton de réglisse. Il avait des mains énormes et une dégaine de chasseur. Dans *El Frente*, le bulletin quotidien que Durruti imprimait depuis la ligne de front, il avait eu droit à sa bobine. Par un cheminement étrange, lui qui détestait la guerre n'avait tout compte fait de sa vie été que cela, un soldat. Et c'était d'ailleurs, du groupe, le seul. Carpentier avait bien servi pendant la guerre du Rif, mais aucun n'était rompu aux combats comme Berthomieu. On racontait qu'il avait été capitaine d'artillerie lors de la Grande Guerre, et officier de la Coloniale, en Afrique. Il en parlait de façon si allusive qu'on ne percevait que des visions, des images glaçantes, les tranchées soulevées par les obus, les gars ensevelis et déterrés par des éclats qui s'éparpillent en brûlant, les visages aplatis des troufions sous le casque, les baïonnettes tendues pour éloigner le mauvais sort, l'odeur de la peur, âcre, et toute cette capitainerie de corbillard. Ce qu'il avait découvert dans ces charniers, c'était l'incroyable faiblesse des hommes et leur absurde obéissance.

Les souvenirs tamisaient sa peine. On comprenait alors à demi-mot, par les quelques silences et les pages retirées de son récit, qu'il avait vu, dans l'ordre militaire tel qu'il s'appliquait loin des regards, l'atroce logique de l'humiliation et de la haine. C'était en permission qu'il s'était juré de ne plus servir, après la boucherie des tranchées il n'irait pas éventrer l'indigène par pure jouissance. Il avait filé. Disparu. Il avait manqué l'appel. On ne l'avait pas poursuivi. On avait nommé un autre officier à sa place. Lui, parti se faire oublier du côté de Béziers, vivait de travaux à la petite semaine, d'une pleine saison de récoltes et de vendanges. Il s'en souvenait comme de jours heureux. On racontait aussi qu'il avait été clochard à Barcelone, croûtant dans la rue, étalé sur le matelas des gitans qui l'avaient élu capitaine. Et lorsque la ville s'était soulevée, il en avait été ému. Encore aviné, ç'avait été comme une hallucination, il avait bataillé dans les rues du Barrio Chino, armé d'un fusil de chasse. Il était parti déloger les factieux qui arrosaient sur la foule du haut des terrasses, une escouade de trois bonshommes arrachant le pavé l'avait rejoint, et au petit matin, à 5 heures, le capitaine marchait dans l'avenue en ruine à la tête d'un cortège. C'est ainsi par une voie de traverse que clochard la veille il avait pris la route de Saragosse.

Depuis cinq jours que le groupe était posté sur le front, les brigadistes n'avaient tiré que sur de vagues silhouettes, au loin, dégommant pour passer le temps des écureuils et des piafs. Lors de l'expédition à l'aube, l'espoir d'un coup de feu avait allumé les esprits. Jusqu'alors, les bataillons demeuraient loin les uns des autres. Berthomieu s'était donc décidé à engager les troupes sur la rive droite. Il était revenu convaincu que le terrain de la ferme présentait toutes les qualités pour y établir un avant-poste en territoire ennemi : un abri en plein champ à proximité de la gare, tout un système de canalisations autour de la grange – et un passage à gué sur l'Èbre qu'on atteignait facilement en longeant les roubines. Le groupe seconderait de la sorte l'effort de la colonne des Italiens d'Ascaso en établissant une tête de pont, une *avanzadilla* dans le camp d'en face. C'était aussi l'occasion de faire sauter le rail et de stopper le ravitaillement des phalangistes.

Berthomieu était antifasciste, la chose simple, et négligeait toute question de tendance. Il dirigeait son groupe sans imposer de discipline, il ne réagissait qu'à la bêtise et au danger, à la cruauté et aux manœuvres. Lors de l'assemblée, il exposa son plan de raid. Il tenait à ce que chacun s'exprime mais personne ne broncha. Seule Simone Weil tempêtait. Quoique nouvelle, elle insistait auprès des délégués pour faire partie de la mission. Elle ajoutait qu'elle n'était pas venue en Espagne en touriste ou en observatrice, mais bien pour combattre, et qu'elle tiendrait sa place. Ridel s'en porta garant, il lança pour couper court au reste de l'assemblée, Ben quoi, on est tous d'accord !

Ils passeraient le fleuve tard dans la nuit.

9

18 août. 2 heures du matin. Ils cheminaient par les taillis. La couverture enroulée sur le barda, et tout ce que l'on pouvait encore rassembler dans de gros sacs de toile. C'était un drôle de cirque, un cliquetis de fanfare, casseroles, pelles, munitions. Carpentier et Ridel trimballaient une caisse de grenades Lafitte et avançaient péniblement dans les broussailles. Abrités derrière un talus, à une dizaine de mètres de l'eau, c'était par deux qu'ils franchissaient l'Èbre – à l'embarcadère, un arbre penché caché par les roseaux, là où la rivière s'élargit et plonge dans le courant, un cadavre avait été abandonné sur la berge, on y reconnaissait un nationaliste à l'habit qu'il portait et à ses bottes qui brillaient.

Affinenghi et La Calle étaient partis en éclaireurs reconnaître les environs – les abords de la gare, plus loin en allant vers Quinto, et tout autour de la ferme d'où ils avaient longé les canaux d'irrigation –, le cours d'eau entourant tout ou partie du terrain, puis ils avaient avancé à couvert en suivant les tranchées jusqu'au fleuve, poussant une pointe du côté de la maison. Ils en étaient revenus avec un paysan, son fils et un garçon de dix-sept ans. À leur approche Scolari avait levé le poing, et sans que l'on sache bien si on leur arrachait un signe de ralliement, ils y avaient répondu. Dans toute la campagne, l'engagement fluctuait au gré des mouvements de troupes. Le gamin de la ferme s'appelait Manuel et connaissait les parages comme sa poche. Il portait à son ceinturon des prises de braconnier, un oisillon étranglé et d'autres collets vides. On l'interrogea, il répondit tête baissée, le béret dans une main, de l'autre il cartographia d'un bout de bois les terrains alentour, pointant là un abri, ici le tracé d'un tour de garde.

La journée se passa en préparatifs. On installa le campement sous les arbres, à l'abri des avions. Pareille à des confédérés cachés dans les forêts qui bivouaquent à la clairière, se lavent dans la rivière et se font griller une truite au coin du feu, la demi-brigade attendait, perdue loin des combats. Une trentaine de soldats sans uniforme, la barbe broussailleuse, le visage marqué, certains roupillaient le dos contre un arbre, ou en chien de fusil sur une touffe d'herbe. D'autres assis en cercle déjeunaient d'un morceau de pain et d'une tranche de lard. Berthomieu, le cul sur une grosse pierre, prenait des notes dans un carnet. Une position, des coordonnées, un repère à main levée au crayon, une indication livrée par le gamin. Il dessinait sur la largeur de son cahier le fleuve, marquait d'un point les villages de Quinto, Pina, Fuentes ; d'un trait, la gare où une centaine de fascistes canardaient la campagne.

Dans la clairière, à l'orée du bois, on avait tendu un fil barbelé auquel on accrocha des conserves vides remplies de grelots.

10

Mohamed Saïl était aimé et craint de tous. Quand il prenait la parole il ménageait une pause entre chaque phrase. Il réfléchissait à ce qu'il allait dire, son débit lent ne traduisait rien sinon le souhait de n'employer que le mot juste, par fidélité à ce qu'il ressentait ou pensait et aussi pour ne pas y revenir. En mission, on retrouvait ce calme et cette façon de traiter toute chose avec méthode. Jamais de précipitation, d'imprudence inutile, il cheminait avec logique. Ainsi rechargeait-il son fusil avec un soin aberrant. C'était comme cette habitude qu'il avait, même au front, de se raser chaque matin selon un rituel assez précis. Il calait son miroir ovale, un modèle de poche, un de ceux qu'on pouvait refermer, posé sur une branche contre le tronc, puis sortait un couteau fin et se rasait à petits coups, trempant la lame dans un bol en métal. Il avait aussi cette manière d'élégant de se coiffer, il rabattait de son peigne ses cheveux noirs et graissés sur le haut du crâne, puis délimitait au centre une raie d'écolier. Ça lui donnait une dégaine d'acteur de muet, ce côté Buster Keaton accentué par son teint laiteux. Ce raffinement extrême contrebalançait avec ses emportements et les paroles crues qui s'ensuivaient. Tout comme Simone, il clopait sans arrêt. Elle des Gauloises, lui des roulées qu'il préparait minutieusement par paquets de dix et allumait l'une derrière l'autre. De tour de garde, ils surveillaient le campement depuis une cahute à l'orée du bois, à la lisière des grands arbres. Saïl était taiseux mais s'animait quand il racontait son village. Une grappe de tuiles perchée au milieu des montagnes, illuminée par les étoiles les nuits d'été. Taourirt, un promontoire élevé au-dessus d'un massif de chênes verts. Il racontait volontiers la vie là-bas, en Kabylie – les figuiers, les oliviers et les chats sauvages, la ligne de crête enneigée courant par-delà le regard et plongeant dans la mer. Les *tajmaât*, les assemblées du village, pareilles à leur conseil du soir. Et quand chacun abordait, un peu rêveur et sans y croire, à la façon d'un exercice de la pensée, ce que serait le monde d'après, Mohamed Saïl, lui, racontait un monde d'avant que la machine coloniale avait détruit. Ce qu'il nommait un modèle ancestral, toute l'organisation du village berbère, ce sens inné de l'autonomie, sans État, sans police, sans juge ni prison, sans argent, tout entier mû par l'entraide.

L'anarchie n'était pas dans son esprit un mot épuisé, dévidé, essoré par l'Histoire, ce que l'on moquait comme une adolescence de la vie, mais plutôt un souvenir d'enfance. Il se méfiait des discours. Il disait que les mots s'éprouvaient dans le combat, comme une force agissante qu'on conjugue au présent. Cela supposait une éthique, une manière de se tenir devant chaque chose, un postulat ferme et simple : le refus du centre et de la périphérie, de toutes les cales de la hiérarchie et de la servitude.

Il n'était donc pas homme à s'en laisser conter. Son combat ne souffrait aucune compromission, aucun écart. Il fustigeait *les pirates rapaces* et *les canailles sanguinaires* de la colonisation, ce régime *de servitude et de trique*. Les marabouts religieux qui bernaient les populations. De pamphlets en appels à la mobilisation, sa rhétorique s'était affûtée. L'Exposition coloniale et le centenaire en grande pompe de la conquête de l'Algérie avaient aiguisé ses positions. Il devint secrétaire du comité de défense des Algériens contre les provocations dudit centenaire. Il moquait les fameux apports de la colonisation, ses routes, ses ponts, ses centrales, beau progrès, vraiment ? Il écrivait, *les bourreaux sont partout de la même race*, et *la République n'a rien à envier au fascisme, que peut-on en attendre si elle a pensé, institué, appliqué avec la plus grande célérité le Code de l'indigénat* ? Mohamed Saïl avait publié un réquisitoire cinglant contre l'occupation de l'Algérie dans *Le Flambeau*, le journal des « groupes libertaires d'Afrique du Nord ». Il y dénonçait la condition de paria de son peuple. Il était persuadé qu'à défaut de renverser bientôt la colonisation, par un mouvement identique au glouton qui s'empiffre jusqu'à en mourir, les exploiteurs creuseraient leur propre tombe d'outrance en passe-droit. Il avertissait, *prenez garde qu'un jour les parias en aient marre et qu'ils prennent les fusils que vous leur avez appris à manier.*

11

Le paysan s'inquiétait de ses trois filles et de son garçon. Berthomieu décida qu'on irait les chercher à la ferme. Il rassembla les soldats en fin de matinée.

Tandis que les autres miliciens quittaient le campement, Hans, le cuisinier de la brigade, était tout à son affaire. Il craignait les combats et c'est par sympathie qu'on l'avait cantonné à la tambouille. Il avait creusé dans la terre un trou profond et y entassait du petit bois et de pleines poignées de feuilles séchées. À plat ventre, enveloppé dans un manteau de laine remonté par-dessus sa tête, il soufflait sur les flammèches. Quand le feu prit, et avant que la fumée ne se disperse, il posa sur le sol une plaque de fonte. Sous la tente, il avait disposé les vivres et les récipients, tout un sac d'oignons jaunes, un jambon magistral enrobé dans de larges torchons, le café moulu transvasé dans des boîtes métalliques, de l'ail tressé, deux dames-jeannes de vin rouge qui remplirait les gourdes de soif. La cafetière chauffait sur la plaque posée au-dessus des braises, à côté d'une énorme bassine pleine d'huile. Il arrangeait une omelette et une friture avec ce qu'on avait pu rançonner à la ferme de poules et d'œufs. Il préparait des litrons de jus et une fringale de petit gibier pour tout le régiment.

Deux jours plus tôt, Scolari et La Calle qui désespéraient du ravitaillement s'étaient aventurés de l'autre côté du fleuve. Gimenez montait la garde, juché sur une branche de peuplier à plus de cinq mètres. Comme une hallucination il avait vu s'avancer tout le bétail du père Durio. L'espace d'un instant, ce qu'il voyait bouger, c'était la terre elle-même, une traînée de poussière et la masse remuante des bêtes qui filaient droit vers eux. Dans une sorte de sentier en lacets entre la propriété et la berge, le troupeau s'abattait dans un tel raffut que c'était alors toute la plaine qui semblait s'agiter. D'une masse indistincte à l'horizon, tache blanche épaisse et large, on reconnaissait, à mesure que les bêtes approchaient, Scolari, le cul sur un âne qu'il martyrisait de son bâton, et La Calle à l'arrière, hilare.

Installée sur une grosse bûche qu'on avait déplacée près du foyer en guise de banc, Simone Weil observait Hans accroupi au sol, près de la marmite. Il alimentait le feu et baragouinait en allemand des reproches. Il s'agaçait de sa présence. Lors du dernier rassemblement, dans un soupir, il avait glissé à l'un des camarades après qu'elle eut discuté les ordres, Seigneur, délivrez-nous des souris ! Elle avait cette façon de faire enrager les délégués, interrogeant les stratégies. Elle agissait comme un révélateur. Soit on la prenait en grippe, soit elle vous fascinait. Hans s'était révélé plus salaud qu'il ne l'était, plus peureux aussi. On le disait trotskiste, et qu'il n'avait intégré les Brigades que pour échapper aux purges. Il s'était exilé en France puis avait fui en

Espagne avec sa femme Madeleine. Engagés ensemble sur le front, ils laissaient derrière eux leur petit garçon de douze ans dans un grand appartement de sept pièces, au 57 calle del Francolí, à Barcelone. Le gamin était nourri par une famille du quartier. Une amie leur envoyait des nouvelles via le courrier de la colonne. C'était Madeleine surtout qu'on trouvait louche d'avoir abandonné son gosse.

La matinée fila à attendre ainsi, avec Hans qui ronchonnait. Quand tout à coup, on entendit comme un sifflement lointain, puis si proche qu'il paraissait descendre du ciel et envahir la clairière. On abandonna le feu et on partit se cacher dans l'une des huttes creusées. Dans ces tranchées construites pour le tir debout, Hans et Simone se trouvaient côte à côte. Elle sentait son inquiétude à son souffle et au tremblement de ses mains. Les bruits de rafales entraient dans sa poitrine. Il était liquéfié, ne bougeait plus. Simone vivait l'instant, effrayée et ravie, traversée d'un frisson dont on ne saurait dire s'il était d'excitation ou de peur. Elle contemplait les feuilles des arbres, le ciel bleu, les avions qui allaient et venaient, piquaient net puis mitraillaient le sol. D'énormes obus labouraient les terrains, là une meule explosait et s'éparpillait comme une boule de pissenlit, ici un cabanon de pierres s'effondrait. Le bruit incessant des bombes larguées, la terre ouverte, craquelée, étripée par les explosions, le sable dispersé, les cyprès étêtés, ce qui était mort fumait, ce qui était encore vivant se terrait en bordure de champ. Le soleil plus haut maintenant cachait tout, la campagne lentement bourdonnait, comme alors jaillit et vibra le bouillonnement non loin d'un cours d'eau. Les avions désormais partis, Simone se faufila dans une autre tranchée, équipée d'un fusil-mitrailleur. Elle attendit ensevelie derrière ce monticule de terre, sorte de fanal de cimetière, puis, elle regagna le campement.

C'est ainsi, on l'imagine, que sortant de sa cachette elle oublia le feu enterré et, posant le pied sur le sol, plongea sa chaussure dans l'énorme bassine à frire et son huile bouillante. Elle tomba de tout son long, hurlant de douleur. Hans accourut, la saisit par les bras et la tira en arrière. Il lui intima de se taire, terrifié à l'idée de se retrouver face à un détachement de nationalistes. Il appliqua un torchon mouillé sur la brûlure. Il se passa bien une heure avant que les camarades ne reviennent. Carpentier l'examina. Il lui retira sa chaussure. Par chance son pied protégé par le cuir n'avait pas brûlé mais une partie de la jambe gauche et le cou-de-pied semblaient atteints. Il se risqua ensuite à lui ôter son bas, mais s'arrêta lorsqu'il remarqua qu'il avait littéralement fondu sous l'effet de la chaleur. Alors qu'on pensait la blessure superficielle, la peau restait collée au tissu. On enroula autour de sa jambe une chemise en guise de pansement et on l'assit contre un arbre. Elle resta un moment, le visage rougi et les lunettes embuées, enrageant de sa maladresse. Berthomieu ordonna qu'on l'évacue. Elle supplia Carpentier et Ridel de plaider sa cause. Eux, déterminés à la transporter sur l'autre rive, déjà s'exécutaient.

12

Georgette et Madeleine, les deux brigadistes infirmières, nettoyèrent sa brûlure à l'alcool alors qu'elle était évanouie. Puis elles enrobèrent sa jambe sous plusieurs couches de bandelettes. Quand elle reprit ses esprits, elle réclama ses chaussures et un bâton. Sourde à toutes les recommandations, elle repartit bille en tête, boitant en direction de la zone de combat. Carpentier et Ridel qui l'avaient rapatriée se désespéraient. Le gros pansement n'avait fait qu'empirer son état. Berthomieu craignait l'infection de la plaie. Blafarde, emmitouflée dans un duvet tout près du feu, elle claquait des dents. Elle était allongée et regardait l'étendue du ciel. Une nuée d'étoiles virait sans se fixer, un tourbillon en pointillé. Elle s'endormait.

Au matin, Carpentier était déterminé à ce qu'on la transporte jusqu'à la berge.

Soit tu nous écoutes, soit on demande à Berthomieu de te dégager à l'arrière !

Il n'en est pas question. Mon pied va mieux, je suis fatiguée, voilà tout.

Ridel est d'accord avec moi, on ne supporte pas de te voir comme ça. Tu vas finir avec une patte en moins, c'est tout ce que tu auras gagné. On ne se bat pas en ce moment, les fascistes sont terrés dans la gare. Ils attendent les renforts pour attaquer. Pendant ce temps, soigne-toi. On te porte jusqu'à l'hôpital de campagne, il y a un médecin. Ce sera autre chose que les écharpes autour de ton pied. Dès que ta blessure est derrière toi, on vient te chercher. Il faut que tu reprennes des forces. Tu es courageuse, tu as ta place parmi nous mais pas dans cet état. Soigne-toi et reviens te battre.

Il fallut encore toute la diplomatie des deux amis pour qu'elle accepte de quitter le campement. Au dispensaire aménagé dans l'école communale, un médecin qui avait été coiffeur dans une autre vie la soigna dans le réfectoire sur une grande table de bois massif recouverte de feuilles de journaux. À présent, sous l'effet de la morphine, elle ne souffrait plus. Elle grillait une cigarette les yeux tournés vers le plafond. La peinture se détachait par blocs le long de larges fissures, et c'était comme regarder les reliefs d'une carte inconnue, les taches de moisissure en dessinaient les bois et les cours d'eau. On lui trouva un lit séparé des autres par un paravent. Elle dormit un peu, mais la douleur surgit plus aiguë encore à son réveil, brûlant jusqu'à son genou, et des maux de tête lui vrillaient le cerveau. Elle était fiévreuse et délirait un peu. On lui prescrivit un remède de charlatan et les infirmières exigèrent avec un léger sourire qu'elle marche de long en large de la pièce pendant une vingtaine de minutes. Elle rassembla ses affaires et fila.

13

De temps en temps, un camion de ravitaillement ou une traction la dépassaient. En fin de matinée, elle atteignait seulement le croisement de la route. Elle était désormais trop loin pour rebrousser chemin, son pied enflait sous le pansement, et elle ne pouvait plus marcher. Un tapis de blé fauché sur des mottes de terre sèches, tout craquait sous son pas. Elle avait traversé la plaine au travers de grandes étendues mortes, parfois par les champs, sans autre orientation qu'une colline ou le mouvement du soleil. Elle s'allongea sur son sac. Une trentaine de minutes plus tard, elle était réveillée par le bruit d'un convoi militaire. En bout de cortège, caché par le dernier camion, un cabriolet freina. C'était la voiture d'un colonel républicain. Il l'aida à monter et lui demanda ce qu'elle faisait ici et où elle allait. Il parlait un français rugueux, butant sur chaque mot. Il menait l'une des unités de la colonne Carod partie le 23 juillet de Tortosa. Sa centurie venait d'être relevée après plus de trois semaines de combats sur l'un des points de fixation de la ligne de front, plus à l'ouest, du côté de Fuendetodos. Lui et ses hommes partaient en permission. Il offrit de l'emmener jusqu'à Lérida.

Ils arrivèrent en début de soirée. Après avoir fait le tour des miliciens garés devant la caserne, elle tomba sur un syndicaliste suisse du nom de Pierre Robert qu'elle avait connu à Paris. Lui aussi allait à Barcelone, en sens inverse des Hispano-Suiza et des gamins qui s'accrochaient aux garde-boue. Le ciel s'assombrit et ils décidèrent d'une halte à cinquante bornes de Barcelone. Dans un bourg traversé par la route, ils trouvèrent un hôtel minable. Il était complet mais on libéra une chambre pour eux, qu'ils durent partager. La scène était amusante. Simone Weil avait tendu un fil entre les deux lits simples, sur lequel elle plaça l'un des draps. D'un rire gêné elle blaguait, On pourra ainsi raconter qu'on a passé une nuit ensemble en Espagne !

Elle ne parvenait pas à s'endormir. Elle n'avait pas pu changer son pansement, et la blessure la démangeait horriblement. Elle n'osait pas regarder l'état de la plaie. Derrière la fenêtre, le tonnerre vibrait, un orage d'été aussi bref que violent, des torrents se déversaient par les gouttières, et l'obscurité lézardée d'éclairs brillait par à-coups.

14

22 août. Pina de Ebro. Journal de Ridel et Carpentier.

Au lever nous apprenons que le paysan transmis à Pina a été reconnu par des volontaires de Quinto. C'était un fasciste actif, exploiteur bien connu, coupable d'un meurtre sur la personne d'un militant de gauche lors des dernières élections. Il a été fusillé cette nuit à Bujaraloz.

Deux copains italiens tentent de faire prisonnier un poste de gardes proche de nous ; ils sont vus et reçus à coups de fusil.

Le repas de midi est supérieur, les poules et le cochon de la ferme sont proprement tués et mis à cuire.

Une quinzaine d'Espagnols viennent nous renforcer.

Nous nous organisons définitivement. Tout fonctionne : garde, cuisine, observation, liaison.

À 6 heures du soir, l'ennemi attaque. Nous tirons dès que nous voyons les premières têtes.

Nous voyons devant nous une trentaine d'hommes qui s'avancent en criant qu'ils sont des camarades, certains agitent les bras sans armes. Nous cessons le feu.

Trois des nôtres sortent de la tranchée et s'avancent vers eux en criant : « Vive la F.A.I. Vive la C.N.T. »

Tout en avançant les autres répondent : « Viva las Falanges Españolas. Viva España Fuego. »

Nos copains n'ont que le temps de faire demi-tour et bondir dans la tranchée sous le feu des carabines de ces singuliers soldats.

Le tir s'organise, à une mitrailleuse située à environ trois cents mètres de nous, nos deux fusils-mitrailleurs répondent mais bientôt ils s'arrêtent, enrayés par les bandes salies par la terre.

Une autre mitrailleuse se fait entendre à notre droite, elle tire des fenêtres de la station.

Mais l'avance des fascistes est arrêtée, quelques-uns d'entre nous sortent et ils battent en retraite.

Nous trouvons deux de leurs morts sur le terrain et ramenons un jeune prisonnier. Nous n'avons pas une égratignure à déplorer, mais l'alerte a été chaude.

Sur le corps d'un des fascistes – un sergent dont le Mauser va orner la ceinture de l'un des nôtres – nous trouvons une certaine quantité de scapulaires et... 4300 pesetas.

L'autre mort a sur lui deux lettres. L'une prête à être envoyée, et l'autre qu'il vient de recevoir qui mériterait d'être traduite en entier. C'est un pauvre homme qui écrit à sa patronne, lui demandant humblement avec des formules de soumission pourquoi elle a renvoyé son père de son travail, alors que lui se bat pour l'Espagne.

L'autre que lui envoie sa famille lui dit que la misère règne chez elle ; que tout est cher et que l'argent manque.

Aspect de la comédie humaine que cet homme qui a été se faire tuer pour ceux qui vivent de sa crédulité et de son labeur.

Le prisonnier – 16 ans – est porteur d'un carnet certifiant qu'il est bon catholique. Il reconnaît le secrétaire du Comité de guerre pour l'avoir vu lors des conférences dans son village.

Toute la nuit nous veillons et longtemps nous entendrons les coups de sifflet du chef fasciste essayant de rassembler ses troupes en débandade.

Rien ne se passera d'ailleurs.

15

Bernard et Selma Weil, arrivés à Barcelone une semaine plus tôt, accusaient un retard important sur leur fille. Ils suivaient ses indications, livrées au compte-gouttes, une carte postale, deux à trois lettres, ce courrier rédigé comme de courtes fictions – des messages pareils à des télégrammes qu'elle expédiait, autant pour les éloigner que pour les rassurer. Elle variait les effets, parfois factuels – *À part ça, le passage de la frontière va devenir plus difficile* –, réconfortants – *Reposez-vous sur la côte française, et considérez-moi comme étant en train de me retaper paisiblement dans un beau climat* –, rassurants – *C'est toujours un pays épatant. S'il y a des informations sensationnelles dans la presse française, n'y croyez pas.* Elle signait à l'espagnole d'un *Salud !* de circonstance.

Encore une carte de Sitges, la photographie en uniforme. Ils se doutaient bien que Simone ne se résoudrait pas à l'observation des événements.

Ce n'était pas la première fois qu'elle disparaissait. Déjà en Espagne, un an plus tôt, lors d'un voyage sur la côte, prétextant une envie de voir la mer, elle leur avait faussé compagnie et s'était embarquée à bord d'un cargo, non loin de San Sebastián. Elle leur avait donné rendez-vous à Vigo où le bateau devait faire escale et ils s'étaient résolus à la suivre à bord d'un train. Elle lisait *Vaisseau fantôme* de Traven et quelquefois discutait sur le pont avec un homme d'équipage. Au bout du quai, ils l'avaient retrouvée épuisée par la traversée, elle avait souffert de maux de tête effarants.

Cette fois, l'affaire était plus grave. Quand ils descendirent en gare de Perpignan, la frontière était fermée. Des syndicalistes cheminots qui connaissaient Simone les aidèrent à passer la douane. Tandis qu'ils arrivaient à Barcelone le 14 août, Simone s'exerçait au tir à Pina de Ebro. Ils avaient erré à la recherche d'un hôtel, tous réquisitionnés ou occupés par des étrangers. Ils avaient échoué avec leur sac de montagne dans une pension minable. Cela tenait d'une scène d'un roman de Dickens, les vitres des chambres réparées avec des journaux, des traces de balles au mur, une salle à manger plongée dans le noir où des ombres assises à la table dînaient en silence, et la logeuse qui leur faisait passer un véritable interrogatoire. Le lendemain, ils apprenaient par des amis espagnols qu'ils avaient dormi dans un refuge pour dissidents.

À l'une des adresses laissées par Simone, un jeune homme roux les renseigna. Votre fille n'est pas ici, elle est partie avec des journalistes, avait-il dit. Ils s'étaient après rendus au siège du P.O.U.M. où Julián Gorkin leur avait raconté l'offre de service pour sauver Maurín. Ils en étaient désespérés, persuadés à présent qu'elle avait mis à exécution son plan. Gorkin leur avait indiqué d'autres adresses d'organisations où on aurait pu la croiser. Trois jours durant Bernard et Selma avaient parcouru la ville, interrogé à tout-va, les patrons de cafés et les instructeurs des casernes, décrivant toujours cette même bobine qu'on ne pouvait louper : cheveux noirs, lunettes cerclées de fer, teint pâle, blafard, très maigre. Ils s'étaient découragés souvent, entendant le récit des exactions fascistes, mais plus que tout ils avaient craint qu'elle ne soit en Galice, poursuivant le fantôme de Maurín pour le compte de son ami Souvarine. Le sixième jour, ils avaient reçu un courrier signé de « la Tante Louise », une vieille anarchiste qui avait eu vent de leur arrivée et de leur recherche. Elle leur écrivait : *J'ai vu Simone, je lui ai tiré les oreilles parce qu'elle a fait des bêtises ; elle est blessée mais vous la reverrez bientôt.* Ils s'étaient alors accrochés à cet espoir. Après avoir inspecté les hôpitaux militaires en vain, ils s'étaient installés devant le siège du P.O.U.M où affluaient chaque jour les rapatriés du front.

21 août. Ce fut durant la nuit de dimanche à lundi que Selma vit apparaître sa fille. Simone souriait, répétait qu'il n'y

avait pas de plus belle fête. Ils marchèrent bras dessus bras dessous sur les Ramblas et s'attablèrent à une cantine populaire. Leur inquiétude si vive s'entretenait de tous les détails, ils l'assaillirent de questions. Elle ne leur cacha rien de son voyage en Aragon. Leur parla de tous ces êtres admirables qu'elle avait croisés, de l'intensité de ce qu'elle avait vécu à leurs côtés, et de sa rage de les avoir quittés. Elle leur expliquait l'accident, l'huile, la brûlure, l'accident idiot, elle répétait. Bernard examina sa jambe et ce qu'il vit en relevant son pantalon l'horrifia. Le pansement déchiré ne couvrait plus qu'une partie de la plaie, et elle semblait s'infecter.

Six cents morts dans les rues, plus de trois mille blessés dans le quartier de l'Eixample et sur les Ramblas de Santa Monica et Sarriá, l'avenue Diagonal, les barricades tout juste levées, tous les hôpitaux de la ville surchargés, Bernard s'était mis en quête d'une autre solution pour soigner sa fille. Il questionna Jaume Miravitlles, un ancien exilé qu'il avait rencontré à Paris et dont il avait appris qu'il occupait désormais le poste de commissaire à la propagande. Miravitlles arrangea l'affaire en deux coups de téléphone et trouva à Simone une place dans une clinique militaire à Sitges. Il se proposa de les conduire.

16

23 août. Pina de Ebro. Journal de Ridel et Carpentier.

Tout le monde semble bien fatigué, mais très calme et l'entente règne, alors que quelques jours auparavant, ne faisant que manger, boire, dormir et marcher au grand air nous dépensions nos forces à nous engueuler à propos de recettes culinaires ou d'une date historique. La bagarre nous a apaisés en nous détendant les nerfs.

Nous sommes définitivement réveillés par les coups de canon d'une section d'artillerie de Quinto.

Les environs de Pina reçoivent quelques obus de 150 puis le tir nous prend comme cible et se règle peu à peu pour finir par atteindre la grange qui prend feu.

Entre-temps nous avons profité du réglage pour évacuer nos positions en bon ordre.

Notre artillerie est trop faible pour faire taire les canons de Quinto, notre aviation est en train de bombarder Huesca.

Nous nous voyons dans l'obligation de nous replier sur la rive, abandonnant nos provisions et nos vêtements aux flammes.

L'ordre d'évacuation totale arrive du Comité de guerre.

À midi, nous sommes tous réunis au village, n'ayant plus que nos vêtements, nos armes et nos cartouches.

Un drapeau rouge et noir flotte encore à l'autre rive.

L'après-midi les premières patrouilles fascistes feront leur apparition et disparaîtront sous le feu des mitrailleuses placées sur notre rive.

Aussitôt réintégrés dans nos anciens locaux nous nous endormons jusque tard le lendemain.

Il y a six jours que nous ne dormons presque plus.

Mais le réveil est réconfortant, la colonne de Caspe-Sástago se prépare à attaquer Quinto.

17

Le Terramar était un ancien hôtel de luxe réquisitionné et transformé en hôpital militaire. Les bas-reliefs du hall d'entrée avaient été démontés, les lustres immenses de la salle à manger remisés, toute trace de l'opulence des Années folles disparue, il n'en restait pas moins un endroit choisi.

Le médecin en chef dirigeait sa clinique comme un concierge tatillon. Il se montrait méfiant, plutôt hostile, regardait l'étiquette de ses patients, veillait à assurer ses arrières. On racontait qu'il triait les malades selon qu'ils étaient issus des rangs de telle ou telle organisation. À Simone Weil, il avait donné une petite chambre sur la rue, à l'arrière, plongée dans l'obscurité. Les infirmières en avaient déduit le sort qu'on devrait réserver à la Française. Dès qu'elle fut seule, elle poussa le lit près du poêle et le bureau face à la fenêtre. Elle sortit ses livres, elle s'enveloppa les jambes dans sa couverture et écrivit jusque tard dans la nuit.

18

Il attendait que le jour se lève. Devant la grille de sa cellule l'un des paysans de Quinto roupillait. On avait capturé le jeune phalangiste près de la ferme dans l'une des rigoles. Les soldats espagnols avaient gueulé qu'ils lui feraient la peau. Ils l'avaient reconnu et l'appelaient par son prénom. Ils lui répétaient qu'il était un salaud. Ils lui avaient arraché sa médaille de la Vierge. Berthomieu qui s'opposait à toute exécution en avait pris un par le col et on en était resté là. La Calle l'avait ensuite escorté de la ferme jusqu'au village en traversant le sous-bois. Pendant ce temps, le reste du groupe avait déménagé le campement.

Le soir, on reçut la visite de Durruti. On avait préparé le souper. À la fin du repas on lui présenta le prisonnier. Pendant une heure, autant pour convaincre l'otage que les habitants de Pina, il exposa les vertus et les beautés de l'idéal anarchiste. C'était un discours plein de verve, empreint de colère et d'espérance. Il s'adressait tantôt au gamin tantôt à la foule. À la fin, emporté par sa démonstration et l'implacable conclusion qu'il entendait livrer, Durruti exigea que le prisonnier choisisse son camp. Soit il intégrait les rangs républicains et ainsi il aurait la vie sauve, soit il demeurait fidèle à son camp et serait exécuté vingt-quatre heures plus tard. La salle applaudit fort. On le trouva magnanime.

19

Bernard et Selma logeaient dans une pension toute proche. Ils passaient le plus clair de leur temps au chevet de leur fille. Elle ne pouvait plus marcher et se consolait en lisant allongée les journaux qu'on lui apportait, une presse française en retard de deux jours. Elle ne cessait de leur dire combien elle détestait l'endroit. Les infirmières atroces, des matrones aux blouses blanches raidies et aux sabots claquants, brutales et sans délicatesse. Elles prenaient d'ailleurs un malin plaisir à maltraiter sa jambe. Sa plaie suppurait, la fièvre persistait, on craignait la gangrène. Assommée et déprimée, Simone dormait beaucoup. Ses migraines parfois la réveillaient. D'atroces maux de tête qui la torpillaient et la plongeaient dans un état de désespoir profond. C'était une douleur si vive qu'elle emportait tout, et sa haine pour les infirmières grandissait à mesure qu'elle s'agaçait. Elle avait trouvé une image pour traduire cet insupportable sadisme, elle disait qu'elles se précipitaient *comme les poules à coups de bec sur une poule blessée*.

Peu de temps après, convaincu que les mauvais traitements du Terramar lui coûteraient sa jambe, le docteur Weil organisa sa fuite, aidé sur place de Michel Collinet, un ami qui se trouvait avec sa femme depuis un mois à Sitges. Leur voiture ferait office d'ambulance. Ils portèrent Simone jusqu'à l'automobile. Le médecin en chef les poursuivait un thermomètre à la main. Simone riait et Collinet le menaçait en criant, Je n'aime pas beaucoup les fascistes, vous feriez mieux de vous tenir tranquille.

On installa Simone dans la chambre d'un petit appartement que Bernard et Selma avaient obtenu du P.O.U.M. Elle se rétablissait peu à peu. Et pour l'occuper, on avait dégoté à la librairie un exemplaire en anglais de *Leaves of Grass* de Whitman et une vieille édition reliée des *Voyages en*

Italie de Stendhal. Quand elle était plongée dans un livre, plus rien n'existait. Ils se souvenaient d'un voyage en Belgique, elle devait avoir douze ans, elle avait disparu un long moment, oubliant l'heure, dévorant dans les dunes *Crime et châtiment.*

20

Le 24 août au matin. On fit l'appel. Deux des camarades espagnols du groupe avaient disparu. Berthomieu râlait. Une heure plus tard, ils arrivèrent assez contents, comme des noceurs. Ils se vantaient d'avoir participé à l'exécution d'un gamin. Ils avaient bu sur la place du village jusque tard dans la nuit avec les soldats de Tauste. Des fermiers chassés de leur village par l'arrivée des troupes phalangistes leur avaient offert le coup. À l'aube, les esprits s'étaient échauffés. La veille au soir, Durruti avait refusé de livrer le gosse à la foule. Après qu'il fut parti, on attaqua la mairie. Ils étaient douze, la sentinelle avait ouvert les portes sans se faire prier. Puis, ils racontèrent que le petit phalangiste avait été traîné et tué pour l'exemple dans le sous-bois. À près d'un kilomètre du village, tout près du fleuve.

Berthomieu leur hurla dessus. Il voulait les exclure sur-le-champ. Ridel tenait une même position : On est venus pour se battre, pas pour fusiller des gens. Si on prend des prisonniers, on les remet aux Espagnols, ils en font ce qu'ils veulent, mais nous en aucun cas on ne doit fusiller un type.

21

Elle recommençait à marcher, pas bien loin, quelques pas devant l'immeuble. Souvent Michel Collinet la conduisait pour de longues balades en auto. Le 5 septembre, il lui apprit l'échec de l'expédition sur l'île de Majorque. L'état-major de la Généralité était mal préparé, les soldats républicains s'étaient retrouvés privés de soutien sous le feu des avions italiens. Ils avaient battu en retraite, abandonnant des positions arrachées pied à pied. Des trente soldats engagés de la ville de Sitges, neuf n'étaient pas revenus. Partout on parlait de vengeance et d'expédition punitive. Une nuit, on exécuta neuf fascistes, ou prétendus tels. On en fit autant la nuit suivante. Des gens s'enfuyaient. Ce qu'elle documentait à ce moment précis, interrogeant autour d'elle, c'était le principe de guerre juste – la pesanteur de la vie et cette tension vers la violence annulaient tout. Les exactions entacheraient le mouvement – la réponse à la cruauté fasciste ferait basculer les troupes dans la terreur. Déjà sur le front, l'attrait des armes et la toute-puissance qu'elles confèrent la terrifiaient – cette crainte qu'elle avait lue dans le regard des paysans et des villageois.

Bien après, à la mi-septembre, elle reçut la visite de ses deux amis Ridel et Carpentier. Au terme d'une semaine de convalescence à Barcelone – Ridel avait reçu un éclat de grenade –, ils s'étaient précipités à Sitges après avoir appris des camarades que leur petite sœur se soignait là-bas. Ils déjeunèrent dans une auberge en bord de mer, en contrebas d'une crique. Un plat de morue et de patates cuit au feu de bois. Les Charles sifflèrent plusieurs pleines carafes de vin blanc frais et ils la régalèrent d'anecdotes. Ils lui donnèrent des nouvelles du front et des brigadistes, de Saïl et de La Calle, de Berthomieu, de Manuel le gamin de la ferme. Ils dressèrent aussi le portrait des nouveaux camarades. Une Allemande, elle s'appelait Augusta Marx mais bon, tout le monde s'était moqué, alors on avait fini par la surnommer Trude. C'était une de ces réfugiés qui avaient fui l'Allemagne nazie, persécutée parce que juive et militante de gauche. Elle était issue des rangs du Parti socialiste des travailleurs d'Allemagne, organisation jumelle du P.O.U.M. Elle avait vécu cachée à Amsterdam avant d'émigrer à Barcelone. Ils s'amusèrent surtout d'une recrue de choix, un Français arrivé deux jours après le départ de Simone, une célébrité, disaient-ils en plaisantant. Il avait fait la une de tous les journaux, enflammé la bourgeoisie. Il s'appelait Émile Cottin. C'était l'homme qui avait tenté d'assassiner Clemenceau en 1919 en tirant à neuf reprises sur son automobile. Le vieux avait été touché de trois balles mais il avait survécu et Cottin aussi que la foule avait voulu lyncher sur-le-champ. Son procès avait donné lieu à une guerre de position entre les tenants de l'ordre et les bulletins anars et révolutionnaire.

Les débats étaient d'autant plus vifs qu'au moment même où Cottin était condamné à la peine capitale, l'assassin de Jaurès était acquitté. C'était le feuilleton de l'époque, et Simone s'en souvenait bien, elle devait avoir dix ans. Après trois semaines de campagne de soutien du journal *Le Libertaire*, Clemenceau était intervenu auprès du président Poincaré pour gracier son agresseur. Émile Cottin avait par la suite été déclaré *déficient à l'extrême* et libéré.

Ridel et Carpentier racontèrent aussi l'attaque de la gare de Pina et l'offensive des nationaux sur la ferme. Ce fut l'occasion d'évoquer Angel, le jeune prisonnier exécuté.

Simone se laissa convaincre de partir. Mais elle promettait de revenir. Bernard Weil se rendit à Barcelone afin d'obtenir de Julián Gorkin toutes les facilités pour leur départ, un sauf-conduit, les tampons du Comité central des milices antifascistes sur chacun de leurs passeports et une voiture pour traverser la frontière. Ils la franchirent le 25 septembre.

Dans un carnet médical, un de ceux que l'on offre en pharmacie, éphéméride truffée de réclames et dont elle se servait comme d'un cahier, elle raccommodait, raturé à maintes reprises et réécrit dix pages plus loin, un même poème.

Des morceaux de papier
composent tes murailles
Des morceaux de papier
t'entourent de murailles,
Du papier te défend le cœur
et les entrailles.

Lettre à Georges Bernanos

Monsieur,

Quelque ridicule qu'il y ait à écrire à un écrivain, qui est toujours, par la nature de son métier, inondé de lettres, je ne puis m'empêcher de le faire après avoir lu Les Grands Cimetières sous la lune. *Non que ce soit la première fois qu'un livre de vous me touche ; le* Journal d'un curé de campagne *est à mes yeux le plus beau, du moins de ceux que j'ai lus, et véritablement un grand livre. Mais si j'ai pu aimer d'autres de vos livres, je n'avais aucune raison de vous importuner en vous l'écrivant. Pour le dernier, c'est autre chose ; j'ai eu une expérience qui répond à la vôtre, quoique bien plus brève, moins profonde, située ailleurs et éprouvée, en apparence – en apparence seulement –, dans un tout autre esprit.*

Je ne suis pas catholique, bien que – ce que je vais dire doit sans doute sembler présomptueux à tout catholique, de la part d'un non-catholique, mais je ne puis m'exprimer autrement – bien que rien de catholique, rien de chrétien ne m'ait jamais paru étranger. Je me suis dit parfois que si seulement on affichait aux portes des églises que l'entrée est interdite à quiconque jouit d'un revenu supérieur à telle ou telle somme, peu élevée, je me convertirais aussitôt. Depuis l'enfance, mes sympathies se sont tournées vers les groupements qui se réclamaient des couches méprisées de la hiérarchie sociale, jusqu'à ce que j'aie pris conscience que ces groupements sont de nature à décourager toutes les sympathies. Le dernier qui m'ait inspiré quelque confiance, c'était la C.N.T. espagnole. J'avais un peu voyagé en Espagne – assez peu – avant la guerre civile, mais assez pour ressentir l'amour qu'il est difficile de ne pas éprouver envers ce peuple ; j'avais vu dans le mouvement anarchiste l'expression naturelle de ses grandeurs et de ses tares, de ses aspirations les plus et les moins légitimes. La C.N.T., la F.A.I. étaient un mélange étonnant, où on admettait n'importe qui, et où, par suite, se coudoyaient l'immoralité, le cynisme, le fanatisme, la cruauté, mais aussi l'amour, l'esprit de fraternité, et surtout la revendication de l'honneur si belle chez des hommes humiliés ; il me semblait que ceux qui venaient là animés par un idéal l'emportaient sur ceux que poussait le goût de la violence et du désordre. En juillet 1936, j'étais à Paris. Je n'aime pas la guerre ; mais ce qui m'a toujours fait le plus horreur dans la guerre, c'est la situation de ceux qui se trouvent à l'arrière. Quand j'ai compris que, malgré mes efforts, je ne pouvais m'empêcher de participer moralement à cette guerre, c'est-à-dire de souhaiter tous les jours, toutes les heures, la victoire des uns, la défaite des autres, je me suis dit que Paris était pour moi l'arrière, et j'ai pris le train pour Barcelone dans l'intention de m'engager. C'était au début d'août 1936. Un accident m'a fait abréger par force mon séjour en Espagne. J'ai été quelques jours à Barcelone ; puis en pleine campagne aragonaise, au bord de l'Èbre, à une quinzaine de kilomètres de Saragosse, à l'endroit même où récemment les troupes de Yaguë ont passé l'Èbre ; puis dans le palace de Sitges transformé en hôpital ; puis de nouveau à Barcelone ; en tout à peu près deux mois. J'ai quitté l'Espagne malgré moi et avec l'intention d'y retourner ; par la suite, c'est volontairement que je n'en ai rien fait. Je ne sentais plus aucune nécessité intérieure de participer à une guerre qui n'était plus, comme elle m'avait paru être au début, une guerre de paysans affamés contre les propriétaires terriens et un clergé complice des propriétaires, mais une guerre entre la Russie, l'Allemagne et l'Italie.

J'ai reconnu cette odeur de guerre civile, de sang et de terreur que dégage votre livre ; je l'avais respirée. Je n'ai rien vu ni entendu, je dois le dire, qui atteigne tout à fait l'ignominie de certaines des histoires que vous racontez, ces meurtres de vieux paysans, ces ballilas *faisant courir des vieillards à coups de matraques. Ce que j'ai entendu suffisait pourtant. J'ai failli assister à l'exécution d'un prêtre ; pendant les minutes d'attente, je me demandais si j'allais regarder simplement, ou me faire fusiller moi-même en essayant d'intervenir ; je ne sais pas encore ce que j'aurais fait si un hasard heureux n'avait empêché l'exécution.*

Combien d'histoires se pressent sous ma plume... Mais ce serait trop long ; et à quoi bon ? Une seule suffira. J'étais à Sitges quand sont revenus, vaincus, les miliciens de l'expédition de Majorque. Ils avaient été décimés. Sur quarante jeunes garçons partis de Sitges, neuf étaient morts. On ne le sut qu'au retour des trente et un autres. La nuit même qui suivit, on fit neuf expéditions punitives, on tua neuf fascistes ou soi-disant tels, dans cette petite ville où, en juillet, il ne s'était rien passé. Parmi ces neuf, un boulanger d'une trentaine d'années, dont le crime était, m'a-t-on dit, d'avoir appartenu à la milice des « somaten » ; son vieux père, dont il était le seul enfant et le seul soutien, devint fou. Une autre encore : en Aragon, un petit groupe international de vingt-deux miliciens de tous pays prit, après un léger engagement, un jeune garçon de quinze ans, qui combattait comme phalangiste. Aussitôt pris, tout tremblant d'avoir vu tuer ses camarades à ses côtés, il dit qu'on l'avait enrôlé de force. On le fouilla, on trouva sur lui une médaille de la Vierge et une carte de phalangiste ; on l'envoya à Durruti, chef de la colonne, qui, après lui avoir exposé pendant une heure les beautés de l'idéal anarchiste, lui donna le choix entre mourir et s'enrôler immédiatement dans les rangs de ceux qui l'avaient fait prisonnier, contre ses camarades de la veille. Durruti donna à l'enfant vingt-quatre heures de réflexion ; au bout de vingt-quatre heures, l'enfant dit non et fut fusillé. Durruti était pourtant à certains égards un homme admirable. La mort de ce petit héros n'a jamais cessé de me peser sur la conscience, bien que je ne l'aie apprise qu'après coup. Ceci encore : dans un village que rouges et blancs avaient pris, perdu, repris, reperdu je ne sais combien de fois, les miliciens rouges, l'ayant repris définitivement, trouvèrent dans les caves une poignée d'êtres hagards, terrifiés et affamés, parmi lesquels trois ou quatre jeunes hommes. Ils raisonnèrent ainsi : si ces jeunes hommes, au lieu d'aller avec nous la dernière fois que nous nous sommes retirés, sont restés et ont attendu les fascistes, c'est qu'ils sont fascistes. Ils les fusillèrent donc immédiatement, puis donnèrent à manger aux autres et se crurent très humains. Une dernière histoire, celle-ci de l'arrière : deux anarchistes me racontèrent une fois comment, avec des camarades, ils avaient pris deux prêtres ; on tua l'un sur place, en présence de l'autre, d'un coup de revolver, puis on dit à l'autre qu'il pouvait s'en aller. Quand il fut à vingt pas, on l'abattit. Celui qui me racontait l'histoire était très étonné de ne pas me voir rire. À Barcelone, on tuait en moyenne, sous forme d'expéditions punitives, une cinquantaine d'hommes par nuit. C'était proportionnellement beaucoup moins qu'à Majorque, puisque Barcelone est une ville de près d'un million d'habitants ; d'ailleurs il s'y était déroulé pendant trois jours une bataille de rues meurtrière. Mais les chiffres ne sont peut-être pas l'essentiel en pareille matière. L'essentiel, c'est l'attitude à l'égard du meurtre. Je n'ai jamais vu, ni parmi les Espagnols, ni même parmi les Français venus soit pour se battre, soit pour se promener – ces derniers le plus souvent des intellectuels ternes et inoffensifs – je n'ai jamais vu personne exprimer même dans l'intimité de la répulsion, du dégoût ou seulement de la désapprobation à l'égard du sang inutilement versé. Vous parlez de la peur. Oui, la peur a eu une part dans ces tueries ; mais là où j'étais, je ne lui ai pas vu la part que vous lui attribuez. Des hommes apparemment courageux – il en est un au moins dont j'ai de mes yeux constaté le courage – au milieu d'un repas plein de camaraderie, racontaient avec un bon sourire fraternel combien ils avaient tué de prêtres ou de « fascistes » – terme très large. J'ai eu le sentiment, pour moi, que lorsque les autorités temporelles et spirituelles ont mis une catégorie d'êtres humains en dehors de ceux dont la vie a un prix, il n'est rien de plus naturel à l'homme que de tuer. Quand on sait qu'il est possible de tuer sans risquer ni châtiment ni blâme, on tue ; ou du moins on entoure de sourires encourageants ceux qui tuent. Si par hasard on éprouve d'abord un peu de dégoût, on le tait et bientôt on l'étouffe de peur de paraître manquer de virilité. Il y a là un entraînement, une ivresse à laquelle il est impossible de résister sans une force d'âme qu'il me faut bien croire exceptionnelle, puisque je ne l'ai rencontrée nulle part. J'ai rencontré en revanche des Français paisibles, que jusque-là je ne méprisais pas, qui n'auraient pas eu l'idée d'aller eux-mêmes tuer, mais qui baignaient dans cette atmosphère imprégnée de sang avec un visible plaisir. Pour ceux-là je ne pourrai jamais avoir à l'avenir aucune estime. Une telle atmosphère efface aussitôt le but même de la lutte. Car on ne peut formuler le but qu'en le ramenant au bien public, au bien des hommes – et les hommes sont de nulle valeur. Dans un pays où les pauvres sont, en très grande majorité, des paysans, le mieux-être des paysans doit être un but essentiel pour tout groupement d'extrême gauche ; et cette guerre fut peut-être avant tout, au début, une guerre pour et contre le partage des terres. Eh bien, ces misérables et magnifiques paysans d'Aragon, restés si fiers sous les humiliations, n'étaient même pas pour les miliciens un objet de curiosité. Sans insolences, sans injures, sans brutalité – du moins je n'ai rien vu de tel, et je sais que vol et viol, dans les colonnes anarchistes, étaient passibles de la peine de mort – un abîme séparait les hommes armés de la population désarmée, un abîme tout à fait semblable à celui qui sépare les pauvres et les riches. Cela se sentait à l'attitude toujours un peu humble, soumise, craintive des uns, à l'aisance, la désinvolture, la condescendance des autres.

On part en volontaire, avec des idées de sacrifice, et on tombe dans une guerre qui ressemble à une guerre de mercenaires, avec beaucoup de cruautés en plus et le sens des égards dus à l'ennemi en moins. Je pourrais prolonger indéfiniment de telles réflexions, mais il faut se limiter. Depuis que j'ai été en Espagne, que j'entends, que je lis toutes sortes de considérations sur l'Espagne, je ne puis citer personne, hors vous seul, qui, à ma connaissance, ait baigné dans l'atmosphère de la guerre espagnole et y ait résisté. Vous êtes royaliste, disciple de Drumont – que m'importe ? Vous m'êtes plus proche, sans comparaison, que mes camarades des milices d'Aragon – ces camarades que, pourtant, j'aimais. Ce que vous dites du nationalisme, de la guerre, de la politique extérieure française après la guerre m'est également allé au cœur. J'avais dix ans lors du traité de Versailles. Jusque-là j'avais été patriote avec toute l'exaltation des enfants en période de guerre. La volonté d'humilier l'ennemi vaincu, qui déborda partout à ce moment (et dans les années qui suivirent) d'une manière si répugnante, me guérit une fois pour toutes de ce patriotisme naïf. Les humiliations infligées par mon pays me sont plus douloureuses que celles qu'il peut subir.

Je crains de vous avoir importuné par une lettre aussi longue. Il ne me reste qu'à vous exprimer ma vive admiration.

S. Weil.

Mlle Simone Weil,
3, rue Auguste-Comte, Paris (VIe)

P.-S. – C'est machinalement que je vous ai mis mon adresse. Car, d'abord, je pense que vous devez avoir mieux à faire que de répondre aux lettres. Et puis je vais passer un ou deux mois en Italie, où une lettre de vous ne me suivrait peut-être pas sans être arrêtée au passage.

II

UNE LETTRE DANS UN PORTEFEUILLE

Des histoires

C'est à la mort de Georges Bernanos, le 5 juillet 1948, qu'on découvre à l'intérieur de son portefeuille une lettre signée de Simone Weil. Une grande feuille de papier fatigué, pliée en huit et glissée dans une poche en revers. Élimée sur les bords, noircie des deux côtés, deux pages d'une écriture enfantine. Dix ans à l'abri, transportée de veste en veste. C'était l'une des deux lettres, avec celle reçue de Mgr Fontenelle, que Bernanos avait conservées dans son portefeuille jusqu'à la fin. On ne sait s'il répond. Sans doute non. Aucune trace dans les fonds d'archives. Elle y raconte sa guerre d'Espagne et sa lecture des *Grands Cimetières sous la lune.* Elle témoigne de sa désillusion en miroir du récit des opérations sanglantes des nationalistes et des troupes italiennes sur l'île de Majorque que relate Bernanos.

Elle évoque une exécution qui plus qu'une autre la bouleverse. Elle a cette formule énigmatique qui semble comme résonner d'un bruit de tambour, *Combien d'histoires se pressent sous ma plume...*

À force d'observer deux lignes parallèles on aperçoit un seul trait continu. Ce sont des faisceaux d'histoires qui se percutent, éclatent en trajectoires contraires puis paraissent se rejoindre jusqu'à se confondre. Des instants séparés et pourtant réunis, des histoires se tissent, s'emmêlent et forment une seule étoffe, dont on dirait qu'elle est *indémaillable*. Des destins se croisent sans s'apercevoir, des tragédies s'écrivent sans dialogues, mais on peut tendre l'oreille, se pencher pour écouter les récits enchevêtrés. Les recomposer, tenter d'en cerner la vérité de l'instant, tout ce que la mémoire effrite et transforme avec les années. Cela n'a de sens que pour nous, reliés ainsi entre ces pages, des dates et des mots qui s'effacent, des courriers et des tombes qu'on oublie.

À l'automne 1974, le cinéaste Werner Herzog apprend que son amie la critique et historienne du cinéma Lotte Eisner est atteinte d'un cancer, et que ses jours sont comptés. Il décide de marcher jusqu'à elle, certain qu'elle survivra s'il se rend à pied de Munich à Paris. *Sur le chemin des glaces* tient du carnet de voyage, celui d'un homme qui s'invente un itinéraire de pèlerin, mû et guidé par l'amitié et la pensée magique – une promesse faite à soi-même qui n'a pas moins de poids qu'une prière. *J'ai pris une veste, une boussole, un sac marin et les affaires indispensables. Mes bottes étaient indispensables. Mes bottes étaient tellement solides, tellement neuves, qu'elles m'inspiraient confiance. Je me suis mis en route pour Paris par le plus court chemin, avec la certitude qu'elle vivrait si j'allais à pied. Et puis, j'avais envie de me retrouver seul.*

Depuis longtemps, j'avais en tête d'aller dans ces villages d'Aragon – Tauste, Quinto, Pina de Ebro, Bujaraloz, Fuentes de Ebro – lieux de mémoire de la bataille de l'Èbre. Durant mes recherches, j'avais lu un reportage de Phil Casoar et d'Ariel Camacho (« Le petit phalangiste ») qui relatait précisément la vie brève de ce *petit héros* dont parlait Simone Weil dans sa lettre, et qui m'apparaissait comme la clef d'un mystère. Après avoir identifié dans les archives son nom jusqu'alors inconnu, les deux auteurs de l'article dénouaient peu à peu le drame en recueillant la parole des témoins, tous ces enfants devenus des vieillards, des frères et des sœurs encore vivants côtoyant les frères et les sœurs encore vivants de leurs ennemis, derniers habitants de ces lieux fantômes (on surnomme la région « la Laponie du sud » tant l'abandon est grand). Aller par les sentiers, pour entendre et voir, comprendre un peu, dans les pas de la colonne.

Tu es tombé malade et la vie s'est à la fois étirée démesurément et compressée à en étouffer. Ainsi, je reportais ce voyage, car s'éloigner c'était risquer d'être loin, trop loin. Tu es parti un soir de septembre. Il n'y eut alors plus rien que la douleur et l'absence. Un mois amnésique. Et à l'inverse du *chemin* de secours de Herzog, j'ai pris la route après ta mort. Une route absurde : descendre l'Èbre à rebours, avancer le long des rives, de Saragosse jusqu'au delta, ne m'arrêtant qu'au dernier phare, face à la mer. Un tracé réalisé en dépit du bon sens, des distances entre chaque étape, des boucles en zigzag et des grèves éloignées, et des ponts pour les traverser bien plus éloignés encore, de l'embouchure d'un fleuve aussi emmêlée qu'un réseau veineux, deux cent cinquante kilomètres à *marche forcée* pour oublier, pour ne pas penser. La nuit étoilée à l'automne et les brumes de matins neufs dans la plaine.

Et puis, j'avais envie de me retrouver seul.

*

Où commence cette histoire ?

Sans doute à Tauste, à environ une journée de marche de Saragosse, en amont du fleuve. Sur la plus basse des collines, un mont tondu, jaunâtre à l'été, au pinacle, sous un olivier au tronc large et béant.

Deux frères rêvaient. L'arbre poussait sans taille et des surgeons avaient envahi le tronc. On entendait au loin les bombes incendiaires, et toute la campagne saisie par le tremblement.

Les cadavres s'entassaient au fond d'une impasse. Avant, la mort n'existait pas. La fièvre de l'épuration avait gagné les plus raisonnables. Voir la mort, les gosses en devisaient bravaches, comme ils se défieraient de sauter d'un rocher. Le soir, ils escaladaient le mur de l'enceinte du cimetière et attendaient dans l'obscurité le bruit de pas, alors ils s'approchaient de la trouée pour voir passer les otages escortés par leurs bourreaux – le plus souvent, la piétaille du coin, une cohorte de meurt-de-faim qu'on avait embauchés contre une assiette chaude ou un paquet de tabac. Un choc sourd, les corps tombaient à la façon d'arbres qu'on abat, écroulés sur la terre battue.

Angel travaillait depuis ses quatorze ans aux écritures chez Vigata, une entreprise de camions à benne. C'était le fils de l'instituteur. À la maison, ils étaient neuf garçons et filles. À l'instauration de la République en 1931, leur père, Daniel Caro, ne s'était pas opposé au retrait des crucifix de sa salle de classe. Il était pourtant un fervent catholique mais il était aussi un homme de raison, et à son goût les nouvelles méthodes d'enseignement et l'augmentation des salaires valaient bien alors quelques concessions. Pour les parents d'élèves, la neutralité de l'instituteur signait son engagement. Deux ans plus tard, dans ce coin d'Aragon comme partout ailleurs, les oppositions se faisaient plus vives. La famille Caro continuait de se tenir en retrait des engagements. Mais les débats n'étaient plus alors qu'un affrontement sans discernement. Le pays était au bord de l'implosion. Lorsque l'insurrection de juillet plongea la région dans la guerre civile, le village, peuplé d'une majorité réactionnaire, tomba aux mains des phalangistes.

Dès le 19 juillet, la liste des républicains était dressée, et chaque soir on fusillait des partisans sur le mur du cimetière. De vieilles haines devenaient le prétexte de dénonciations. Une rumeur circulait à propos de l'instituteur. On rappelait son absence de réaction devant les changements imposés par les autorités républicaines, en particulier l'affaire des crucifix. On le soupçonna de sympathie rouge et la rumeur enfla au point que son nom se trouva cité un soir au conseil. Certains parmi les plus enragés affirmaient qu'il était un socialiste bien connu des sections de la capitale. Au début du mois d'août 1936, on diligenta une enquête à Saragosse pour vérifier si son nom se trouvait sur la liste des adhérents du syndicat républicain des enseignants et des partis de gauche. Il n'y était pas. Or bien que l'étau se resserrât sans qu'il ait prise, la rumeur se nourrissait d'elle-même et ne serait rassasiée que si on lui donnait raison. D'anciens élèves brodaient sur la trame du rouge professeur. Angel entendait ses collègues de bureau parler dans son dos. Et le soir, il observait son père toujours plus tourmenté, le visage fermé, le regard vide, angoissé et abattu.

*

Ou bien alors l'histoire commence à Majorque. *Là où la vie est moins chère et le poisson pour rien*, ce qu'en disait Bernanos en exil sur l'île.

Un an plus tôt, le 21 juillet 1934, de retour à moto de Suisse, Bernanos était percuté par une voiture. Blessé, il boitait depuis et marchait à l'aide d'une ou deux cannes. Sa jambe devenue *un squelette de jambe*, et son pied *paralysé une espèce de sabot, d'aspect d'ailleurs assez faunesque*.

Il allait et venait sur l'engin de Palma à Porto Pi, le village où la tribu avait élu domicile, dans une *maison épatante*. Accablé par les difficultés financières – ses écrits couvraient mal les avances –, et devant le refus de son petit *roman policier*, trop complexe aux yeux de son éditeur, il devrait remanier, condenser, amputer un manuscrit qui l'avait par trop longtemps éloigné du *Journal d'un curé de campagne* – *un jeune saint sans expérience et les médiocres qui l'entourent*, résumait-il dans une lettre. Un curé qui, dans sa maladresse comme dans son exaltation, exprimerait l'infirmité de la bonté dans un monde lâche et odieux. Quand il en eut fini avec le *Crime* – le titre payait la taille et le rabotage –, il s'attela à ce *Journal* qu'il avait à l'esprit – et il s'agissait bien de son esprit qu'il entendait y abriter. Attablé à l'arrière-salle du café Borne ou de La Alhambra, il crachait tout enfiévré le manuscrit feuille à feuille, entouré des joueurs d'échecs et de dominos. Un an durant jusqu'en décembre 1935, Bernanos se livra à l'écriture déguisée de ses souvenirs d'enfance. Il éteignait le paysage alentour pour voir apparaître la campagne artésienne. Il cachait ses pensées, jouait de fulgurances et de notations sans s'embarrasser de la tuyauterie romanesque – laissant au lecteur le soin de faire le reste, le livre mouvant, par à-coups, prenait la forme d'une composition.

C'est ainsi qu'il avançait. Et le monde avançait aussi. D'un côté l'œuvre qui s'écrit, de l'autre la préparation de la guerre. L'ironie de s'être isolé du tumulte, pour le voir surgir à la porte.

Février 1936, le *Frente popular* remportait les élections. Proche de la Phalange, Bernanos appela de ses vœux le renversement de la coalition de gauche.

Le *Journal d'un curé de campagne* publié en mars 1936 remportait un vif succès critique et public. Le livre recevait le Grand Prix du roman de l'Académie française le 10 juillet. Et le 18, tandis que la bourgeoisie locale fêtait Bernanos dans les salons de l'Ateneo de Palma, les unités de l'armée se mutinaient contre la République. Le putsch des militaires marquait le début de la guerre dans la péninsule. Dès le lendemain, avec le ralliement des soldats de Majorque et de la police au général Goded, l'insurrection gagnait aussi les Baléares.

Tandis que les étrangers avaient fui sans attendre sur les embarcations militaires, Bernanos prenait la décision de demeurer à Majorque aux côtés de son fils de seize ans, Yves, volontaire engagé dans les rangs phalangistes – une fierté pour l'écrivain, qui le peignait dans sa correspondance comme une sorte de chevalier.

Je revois cet éclatant matin de dimanche. La mer, la douce mer palmesane, n'avait pas une ride. Le chemin qui, partant du village de Porto Pi, vient déboucher sur la route était encore plein d'ombres bleues. Comme l'avant-dernier chapitre du Journal d'un curé de campagne, *la haute moto rouge, tout étincelante, ronflait sous moi comme un petit avion. Je l'arrêtai deux kilomètres plus loin, devant une pompe à essence. Le rideau de fer du garage n'était relevé qu'à demi. [...] Je m'aperçus seulement alors que la route était vide. Vide aussi la rue du Quatorze-Avril au bas de Terreno, cette rue tourne brusquement, et l'on se trouve à l'entrée de l'interminable quai réservé aux bateaux*

de pêche, le long des vieux murs du rempart qui ont vu flotter les bannières sarrasines : « Halte ! » J'entends toujours le déchirant crescendo de mes freins dans le solennel silence. Il y avait cinq ou six hommes autour de moi, ruisselants de sueur, le fusil à la main. « Pas de bêtises, leur dis-je dans mon impayable espagnol, je suis le papa d'Ifi. – Rangez-vous, monsieur, ne restez pas dans le champ de tir ! » criait de loin un lieutenant de la Phalange. Ses hommes occupaient le bas-côté de la route, défilés derrière les arbres… Le champ de tir ? quel champ de tir ?… Au bout, tout au bout de l'immense quai démesurément vide, à une distance qui ne m'avait jamais paru telle depuis, je voyais béer comme une gueule le porche du quartier de cavalerie. « Mon pauvre vieux, dis-je au lieutenant, vous ne tiendrez pas contre la troupe avec ce que vous avez là. » (L'armée républicaine ne m'inspirait, je l'avoue, aucune confiance. Je craignais qu'elle ne fît l'économie d'un nouveau parjure.) « Les soldats sont avec nous », dit le lieutenant.

*

Le 4 août dans l'après-midi, Angel Caro assistait dans le café du village au discours d'un des chefs de la Phalange locale. L'homme exhortait la foule à s'engager au nom du pays, de Dieu et du Christ-Roi. L'offensive des colonnes anarchistes devant Saragosse avait décimé dans les rangs des armées, et on recrutait les jeunes adolescents comme les vieillards. Le raisonnement d'Angel était simple : s'engager ne revenait-il pas à innocenter son père. Il ne réfléchit pas longtemps.

Il n'était pas rare qu'il passe la soirée sur la place avec ses collègues, sans avertir. Au matin, son père s'inquiéta de son absence et sillonna les ruelles de Tauste à sa recherche. Au café, il apprit le départ d'un convoi militaire sur la grande rue. Il s'y précipita et n'eut que le temps d'apercevoir le camion qui démarrait et sur la plateforme à l'arrière, parmi une vingtaine de jeunes engagés, son fils qui évitait son regard.

Le délégué de la Phalange confirma au père l'engagement d'Angel et le lieu de son affectation. Il partait comme volontaire sur le front de Quinto, dans les rangs de la Phalange 29. Les jours passèrent et une première lettre leur parvint, elle était écrite depuis la caserne des Castilleros à Saragosse. C'étaient de simples mots, Angel vantait la grandeur du combat, la fierté de prendre les armes. Il parlait de son fusil, de son beau pétard.

Le père ne parlait plus. Il accompagnait à l'aube sa femme à la messe, son chapelet dans la main et une photographie de classe de leur fils à dix ans. Le regard sombre, franc, ce teint de moricaud, cet air d'Indien peigné. Une deuxième lettre leur fut expédiée du front, puis plus rien. Un soir, un délégué phalangiste se rendit à la calle Zaragoza chez les Caro pour leur annoncer qu'Angel avait été abattu. C'était un 24 août. Il avait considéré le père d'un air compatissant et solennel, mais dans ses yeux le père lisait plutôt l'empressement et la bêtise. Il bafouillait, Votre fils est mort, il est mort pour le Christ-Roi, il est mort pour l'Espagne. Le cœur de Daniel Caro s'était brisé net.

*

Bernanos écrivait la chronique d'un conflit qu'il percevait comme une guerre d'enfants, dont son propre fils avait embrassé la cause. Il partait tôt l'apercevoir sur la ligne de front, roulait le long du rivage sur sa moto, son beau *jouet rouge et gris.*

L'imminence du débarquement des républicains à Majorque déchaîna une vague d'épuration. On vit des familles entières assassinées sur la foi d'une dénonciation. Les troupes phalangistes appuyées par un contingent italien fasciste dirigeaient les opérations. De la défiance au rejet il n'y a qu'un pas, que Bernanos franchit à l'automne, attaquant le récit d'une capitulation morale, fustigeant le peu de prix de la vie et le sang versé en pure cruauté, la bourgeoisie complice, les accommodements du clergé, l'idiotie d'une soldatesque déchaînée. *J'ai été frappé par cette impossibilité qu'ont les pauvres gens de comprendre le jeu affreux où leur vie est engagée. [...] Et puis, je ne saurais dire quelle admiration m'ont inspirée le courage, la dignité avec laquelle j'ai vu ces malheureux mourir.*

Le début du mois de septembre avait marqué l'échec du débarquement catalan à Majorque. La dernière offensive sur la ville de Manacor s'était soldée par une déroute. Et dans la nuit du 4 au 5 septembre, l'état-major républicain avait ordonné le retrait de ses troupes des Baléares. Les colonnes avaient abandonné en catastrophe les blessés et bon nombre des soldats coincés entre les zones de combat s'étaient trouvés à la merci de l'ennemi.

Le 5 octobre, dans un article pour le journal *Sept*, Bernanos tranchait : *Je n'ai pas écrit sur les affaires d'Espagne, parce que je les vois de trop près. Une guerre civile est une guerre civile.*

*

Simone Weil ne croyait plus à la victoire des républicains – y avait-elle d'ailleurs cru un jour –, mais elle restait fidèle à un principe dont elle excluait l'idée même d'efficacité : toujours rallier le camp des vaincus. Elle écrivait : *être toujours prêt à changer de côté comme la justice, cette fugitive du camp des vainqueurs.*

Elle participa à des réunions de militants parisiens et assista à un meeting en faveur de l'Espagne républicaine dans un cinéma de l'avenue Émile-Zola. Elle arbora son foulard noir et rouge, et prit la parole, défendant la position anarchiste et fustigeant les staliniens. Elle se rendit aussi à Bourges habillée en milicienne et tenta de convaincre d'anciens collègues de piller l'arsenal de la ville pour envoyer les canons sur le front d'Aragon. Encore convalescente, elle prit un congé de l'Éducation nationale qu'elle renouvela au début de l'année suivante. Elle mit à profit ce temps de repos pour coucher sur le papier des notes sur le sens de l'engagement, la fascination de la force et sa corruption, le mouvement quasi naturel allant de la spontanéité d'une révolution à sa structuration politique mortifère.

Mais elle se refusait à faire récit de sa propre expérience – l'idée même disait-elle la dégoûtait. Dans un article, « Faut-il graisser les godillots ? », qu'elle publia le 27 octobre, peu après son retour, elle théorisait un pacifisme actif et condamnait toute forme d'intervention des États qui puisse entraîner une guerre plus générale en Europe. Elle prônait un engagement individuel de volontaires. Une position nourrie de son expérience des combats. Elle moquait d'ailleurs ceux qui, va-t-en-guerre, n'y mettraient jamais les pieds. *Oui, nous reculons et nous reculerons devant la guerre. Non pas parce que nous sommes des lâches. Encore une fois, libre à tous ceux qui craignent de passer pour lâches à leurs propres yeux d'aller se faire tuer en Espagne…* Malgré l'amertume, la désillusion de l'engagement, elle disait attendre que sa jambe soit guérie pour retrouver les rangs de la colonne.

Carpentier lui rendit visite en décembre et la dissuada de retourner en Espagne. Il raconta comment la centurie avait été décimée mi-octobre lors d'une ultime bataille sur les contreforts de la sierra de Alcubierre. Déjà lourdement touchés par l'offensive sur Siétamo, les brigadistes à l'assaut s'étaient trouvés pris dans une embuscade de cavaliers marocains à l'entrée du village de Perdiguera. Retranchés dans des maisons conquises au début de la bataille, à court de munitions, ils avaient tenu deux heures avant de battre en retraite. Deux cent quarante combattants engagés, cent soixante-dix morts cet après-midi-là. Louis Berthomieu s'était fait exploser à la dynamite plutôt que d'être pris et fusillé. Mohamed Saïl, l'un des seuls survivants, avait été nommé délégué du groupe international, ou ce qu'il en restait. Ridel et Carpentier avaient été sauvés par un ordre de mission le matin même, qui les avait tenu éloignés de la ligne de front. La plupart des camarades connus sur les bords de l'Èbre avaient disparu. Carpentier et Ridel prirent le chemin du retour au lendemain du massacre de Perdiguera, acceptant la proposition de mission de l'Union anarchiste – une série de conférences dans toute la France dont les bénéfices iraient au centre de ravitaillement des milices antifascistes espagnoles. Encadrée par le journal *Le Libertaire*, l'initiative visait à faire œuvre de propagande en soutien aux républicains.

*

Des colères terribles. Bernanos ne cachait plus rien de son aversion. Au café de La Alhambra, il tempêtait sans crainte contre les bouchers italiens et dénonçait les massacres perpétrés sur l'île. Il était à l'inverse de ses premiers engagements, tout entier contre le camp phalangiste, de sorte qu'il figurait désormais sur une liste noire d'opposants de l'île et sa tête avait été mise à prix par Franco. Son fils Yves n'entendait pas déserter les rangs nationalistes mais, lui aussi écœuré, il tentait d'obtenir sa mutation sur la péninsule, loin des milices des fascistes italiens. Bernanos nourrissait des rêves de colonies, loin, sur un autre continent, au Paraguay, un pays de cocagne ainsi qu'il se l'imaginait.

Dans un cahier, il commençait à écrire l'ébauche des *Grands Cimetières sous la lune*, un journal d'Espagne. Yves muté à Oviedo dans les Asturies, la tribu Bernanos regagna la France par bateau le 27 mars 1937.

*

Fin avril, Simone Weil voyageait en Italie. Elle visita d'abord Stresa, puis Milan, Bologne, Ferrare et Ravenne. C'est dans le journal qu'elle découvrit l'ampleur du massacre de Guernica et la répression des anarchistes à Barcelone. Peu à peu les souvenirs d'Espagne se voilaient, l'impression tenace d'un gâchis terrible. Le récit du massacre de Perdiguera l'avait atteinte, tout comme l'annonce de la mort de Durruti. Elle n'était pas dupe du fait que tout finirait par s'évanouir, l'espoir englouti, la chemise ensanglantée comme un buvard, la douleur de la mort seule, recouvrant de colère l'enthousiasme, de tristesse l'inutile.

Au mois de mai 1937, elle vécut un temps entre Florence et Rome. Malgré son pied qui la faisait souffrir, elle passait d'un monument à l'autre, du Capitole au Forum, de Saint-Pierre à Saint-Anselme. En route pour l'Ombrie, elle fut subjuguée par la vue de Pérouse et d'Assise. C'est dans la petite chapelle Santa Maria degli Angeli qu'elle s'agenouilla et pria. À son retour, on lui annonçait la chute de Bilbao.

À la même époque, elle accumulait des notes en prévision d'un article au titre évocateur : « Réflexions pour déplaire ». Elle y condamnait la lente et irrésistible progression de l'autoritarisme dans les rangs anarchistes et s'éloignait de son propre camp. En guise d'avertissement, elle écrivait : *Je vais, je le sais, choquer, scandaliser beaucoup de bons camarades. Mais quand on se réclame de la liberté, on doit avoir le courage de dire ce qu'on pense, même si on doit déplaire.* Elle y développait l'idée que tout ce que détestent les républicains espagnols et leurs compagnons – la contrainte militaire et policière, le mensonge, l'appareil d'État et législatif pour tordre l'individu, la propagande de la presse –, ils l'avaient adopté ou l'adopteraient par nécessité. Peu à peu, le mirage d'une cause juste disparaissait, bientôt il ne resterait que l'affrontement de nations sur un terrain étranger. Elle craignait la façon dont on lirait ses mots, les attaques inévitables, et prit alors la décision de ne pas le publier. Peu à peu elle se détournait de la cause espagnole. Ce dont elle avait fait l'expérience sur les routes d'Espagne, c'était aussi la crainte et le mensonge, et cette réalité odieuse pour qui fait vœu de concilier dans sa vie les principes et les actes, qu'il ne peut y avoir de cause juste qu'on ne salisse un jour par nécessité de la voir triompher. Elle en fut changée, imperceptiblement, insidieusement et définitivement, sans jamais tomber dans la paresse ignoble de l'inaction ni dans le cynisme minable des désespérés rigolards, bien au contraire, dirait-on qu'au laminoir des espérances déçues elle affermissait une éthique, comme un acier trempé, de bannir l'infamie du moindre mal, des mains sales et des petits arrangements avec soi-même – et ce jusqu'au sacrifice. Elle ne s'était pas trouvée comme le veut l'adage sur son chemin de Damas, certainement sur les rives de l'Èbre elle emprunta jusqu'à la mort l'impasse des Gracques. C'était l'image qu'elle retenait dans un texte qu'elle termina à la fin de l'été, « méditation sur l'obéissance et la liberté » qu'on aurait pu lire comme son testament espagnol.

À la rentrée, elle reprit l'enseignement à Saint-Quentin jusqu'à ce que ses maux de tête, plus violents encore, ne la contraignent au repos.

*

En septembre 1937, un nouvel accident de moto aggravait la blessure de Bernanos. Dans une lettre à une amie, il ironisait : *Je me dis qu'il me fallait cet embêtement pour mon pauvre livre. J'ai déjà payé le* Journal *avec la même jambe en 1934. La voilà qui sert encore.*

*

Ridel et Carpentier quittèrent l'Union anarchiste lors du congrès de novembre. Eux qui s'étaient sacrifiés pour la liberté se trouvaient en opposition avec la ligne prônant la défense de l'Espagne républicaine vaille que vaille. Ils dénoncèrent le soutien sans condition à l'antifascisme espagnol, l'aveuglement aux compromissions des ministres anarchistes et à la répression orchestrée par les communistes. Et ce même après la trahison des ministres du gouvernement qui étaient intervenus pour empêcher les milices de descendre dans la rue lors de la purge des anarchistes par les staliniens.

La mort de Durruti avait sonné le glas du *bref été de l'anarchisme*, et si rentrer dans le rang supposait de s'abandonner aux ordres et de transiger avec l'idéal, ce serait sans eux. Ils ne seraient pas complices d'un jeu de dupes sous couvert d'union sacrée.

*

Peu à peu Simone s'éloignait de la cause espagnole. C'est alors que la lutte anticoloniale prit le pas sur le reste. Elle pressentait que la guerre, aussi terrible qu'elle soit, sonnerait pour la vieille Europe la fin de la colonisation, *Quand je songe à une guerre éventuelle, il se mêle, je l'avoue, à l'effroi et à l'horreur que me cause une pareille perspective, une pensée quelque peu réconfortante. C'est qu'une guerre européenne pourrait servir de signal à la grande revanche des peuples coloniaux pour punir notre insouciance, notre indifférence et notre cruauté.*

Elle soutint l'organisation Étoile nord-africaine, dissoute sur ordre du gouvernement. Elle alla jusqu'à prendre la plume quand son fondateur, Messali Hadj, fut accusé de « menées antifrançaises ».

*

À la tête de la centurie Faure en Aragon, après la mort de Berthomieu, Mohamed Saïl combattit encore longtemps sur le front de Farlete. À son retour, il demeura un défenseur de la cause anarchiste et à l'avant-poste de la lutte anticoloniale. Tout comme Simone Weil, il fut de la mobilisation en soutien à Messali Hadj, contre la dissolution de son organisation et la répression en Tunisie (seize morts). Est-ce qu'ils se croisèrent à l'occasion d'un meeting à la Mutualité ? Ce que nous savons, c'est qu'il aperçut Ridel et Carpentier au congrès de l'Union anarchiste. Leur ami Feuillade en témoigna, rapportant les propos tenus en séance par Saïl : Pour avoir un fusil, j'aurais léché le cul d'un garde mobile.

Il conserverait toujours, cousue dans la doublure de sa veste, une photographie du groupe avant l'une des offensives sur l'Èbre. Lui, Saïl, l'élégant au centre, assis en tailleur, fixant l'objectif au premier rang.

Des exils

En dehors de la classe, on ne vit plus parler Daniel Caro. Il avait perdu Angel, celui de ses enfants qu'il aimait le plus. Son fils était une voix, un regard, un souvenir, mais sans plus d'espoir de l'entendre, de le voir, de le retrouver.

En mars 1938, l'instituteur et sa femme se rendirent à Pina de Ebro repris par les nationalistes. On questionna de nombreux villageois jusqu'à ce que l'un d'eux raconte l'exécution d'un jeune otage. Enfin, ce qu'il avait entendu dire par un de ceux qui y avaient participé. Il se souvenait de ces républicains de Tauste qui s'étaient réfugiés à Pina peu après le début de l'insurrection, nombreux avaient perdu un parent exécuté lors des purges et se cachaient en zone républicaine. Un soir, ils apprirent l'arrestation d'un phalangiste de leur village, un adolescent que certains reconnaissaient. Ils avaient exigé qu'on le leur livre, ce qu'on leur avait refusé. Après une nuit à boire, ils prirent d'assaut la cellule et le traînèrent jusque dans le sous-bois. Ils avouèrent fanfarons qu'après l'avoir exécuté ils avaient brûlé le corps et l'avaient jeté dans une fosse commune aux abords du terrain de football.

On creusa à cet endroit, et bientôt on exhuma la dépouille d'un jeune homme. À la trace d'une blessure au front qu'il s'était faite en jouant enfant, la mère d'Angel reconnut la dépouille de son fils.

À l'enterrement, malgré les recommandations du père, on fit entendre le bruit des trompettes et des hymnes. Angel devint un martyr célébré par les franquistes, un héros du soulèvement dont l'histoire variait pour les besoins de la propagande. Le compte-rendu de l'enterrement du *camarade Angel Caro Andrés* dans le journal local n'était que gloire à Franco et au Christ-Roi. L'histoire de l'assassinat d'un enfant exalté qui avait affronté vaillamment les *hordes du nouvel Attila*, en tenant tête à Durruti, *le pontife du crime*. La scène de la confrontation était décrite ainsi : Angel devant l'ogre injuste se changeait en un Socrate buvant la ciguë, serein et fier, criant à ses bourreaux : Vive le Christ-Roi ! Vive le Généralissime !

Le père fuyait le regard des voisins, leur compassion idiote, le souvenir de leur lâcheté. Daniel Caro réclama sa mutation à Saragosse et la famille déménagea l'année suivante.

*

... Il y a quelque chose de mille fois pire que la férocité des brutes, c'est la férocité des lâches, j'ai le cœur brisé...

*

Les Grands Cimetières sous la lune dénonçait les crimes des nationalistes en Espagne. Pour Simone Weil, tant de mots résonnaient qu'elle en crayonnait les marges, noircissait de pleines pages de notes. Ce qu'elle lisait des atrocités sur l'île de Majorque, c'était en miroir – ce reflet inversé – les exactions commises dans les tranchées d'Aragon. Elle en partageait le désespoir lucide. Une expérience opposée, une désillusion commune. Comme il s'attachait à dépeindre ces personnages emmêlés dans les fils de l'Histoire, dévorés d'un fanatisme barbare ou de basses vengeances, elle n'imaginait pas rendre compte de son engagement autrement qu'en explorant ce territoire de vérité. Elle aurait pu faire siennes certaines de ses visions : *Sur cette scène restreinte il m'a été possible d'approcher tous les personnages. Du même coup d'œil, je voyais le geste qui commande et celui qui exécute, les chefs et les comparses. J'ai parlé aux uns et aux autres. J'ai entendu leurs justifications, partagé parfois leurs remords. L'idée que je me fais d'eux, après tant de mois écoulés, reste humaine, je le crois.* Elle imaginait l'esquisse d'un dialogue. Alors taisant la crainte, le ridicule ou le risque qu'il y a toujours à s'adresser à un inconnu qu'on admire, elle lui envoya une lettre (vraisemblablement en mai 1938, avant son voyage en Italie), une feuille simple, assurant par un ton de confidence une ferveur contenue. Un courrier qui n'appelait sans doute pas de réponse.

*

À Marseille, une nuit de juillet 1938, Bernanos quittait la France avec sa famille sur le *Florida*, un paquebot en route pour l'Amérique du Sud. Le début d'un exil long de sept années qui le mènerait à dos de cheval d'un Paraguay fantasmé au Brésil de la Croix-des-Âmes. Ce qu'il emportait dans le secret de son cœur et au revers de son veston, c'était une lettre de Simone Weil reçue des semaines plus tôt.

*

Après la chute de Barcelone et des derniers espoirs de la République, la guerre d'Espagne prit fin avec l'exode des réfugiés traversant la frontière des Pyrénées. Deux cent soixante-quatre mille exilés qu'on traita en criminels, parqués dans des conditions effroyables au plus dur de l'hiver 1938. En juillet, on estimait à cinq cent mille le nombre de ceux qu'on appellerait de nos jours des migrants. Des camps bâtis à la hâte sur les plages du littoral, prisons à ciel ouvert, les baraquements construits par les prisonniers eux-mêmes, des noms qui bruissent d'une histoire longue : le camp de Bram, d'Agde, du

Vernet où furent internés les anarchistes et notamment ceux de la colonne Durruti, de Gurs pour les Brigades internationales, la Cerdagne, Rivesaltes, Saint-Laurent-de-Cerdans, une usine de sandales transformée en centre de détention. Charles Ridel vint en aide comme il put à ses camarades espagnols. En juillet, il entreprit l'édition d'un *Courrier des camps*, un bulletin d'information et de correspondance pour les exilés.

*

Dans l'*Alger républicain* du 4 juillet 1938, Albert Camus écrivait : *Georges Bernanos est un écrivain deux fois trahi. Si les hommes de droite le répudient pour avoir écrit que les assassinats de Franco lui soulevaient le cœur, les partis de gauche l'acclament quand il ne veut point l'être par eux. Car Bernanos est monarchiste. Il l'est comme Péguy le fut et comme peu d'hommes savent l'être. Il garde à la fois l'amour vrai du peuple et le dégoût des formes démocratiques. Il faut croire que cela peut se concilier. Et dans tous les cas, cet écrivain de race mérite le respect et la gratitude de tous les hommes libres. Respecter un homme, c'est le respecter tout entier. Et la première marque de révérence qu'on puisse montrer à Bernanos consiste à ne point l'annexer et à savoir reconnaître son droit à être monarchiste. Je pense qu'il était nécessaire d'écrire cela dans un journal de gauche.*

*

Circulaire du 26 juillet de la Sûreté transmise aux postes-frontières en vue de son arrestation :

COMME SUITE MON TÉLÉGRAMME CIRCULAIRE 20 COURANT RELATIF VOL MAIN ARMÉE COMMIS CHAMPIGNY-SUR-MARNE PRÉJUDICE ENCAISSEUR BANQUE DE FRANCE PRIÈRE RECHERCHER ACTIVEMENT INDIVIDU S'ÉTANT DIT SUCCESSIVEMENT RIDEL CHARLES, CORBIN CHARLES, COVRANY CHARLES, JACQUES BAUDANT EUGÈNE, UTILISE SURNOM RIRI, SE DIT CORRECTEUR IMPRIMERIE. SIGNALEMENT 25 ANS

ENVIRON, 1 M 65, CORPULENCE MINCE, FIGURE MAIGRE RASÉE, CHEVEUX BLONDS ASSEZ FONCÉS, POURRAIT ÊTRE VÊTU COSTUME BLEU FONCÉ.

Charles Ridel était recherché pour une affaire de vol à main armée. Il tenta d'abord de fuir le pays par l'un des bateaux en partance de Marseille. Faute de trouver une place, il remonta en Belgique où, caché par le libraire Hem Day, il put embarquer en novembre à Anvers sur un cargo grec à destination de l'Argentine. Il usa de faux papiers, emprunta une nouvelle identité : Carlo Mann. Il pourrait là-bas se réinventer, un autre nom, une autre vie, élargissant toujours plus la *fédération de ses pseudonymes.*

*

Simone Weil craignait davantage de fuir le péril et le malheur que de s'en protéger. Elle n'était pas aveugle au danger. Elle avait été exclue de l'enseignement public par le premier statut des Juifs promulgué en octobre 1940. Elle était clairvoyante et saisissait le péril – mais ce qu'elle redoutait avec une terreur autre, c'était de se trouver loin de l'Europe en feu, à l'abri, spectatrice du désastre. Son frère André avait gagné New York et il multipliait les démarches pour qu'ils puissent tous émigrer. À ses côtés à Marseille, ses parents Bernard et Selma tentaient désespérément de la convaincre de partir. Elle ne l'accepta que pour les protéger – craignant comme en Espagne qu'ils ne l'escortent jusqu'en enfer. Et dans l'espoir de rejoindre Londres et la Résistance par l'Amérique.

Si nous sommes torpillés, quel beau baptistère ! Le 14 mai 1942, Bernard, Selma et Simone embarquaient sur le paquebot *Maréchal-Lyautey*. Le 20 mai, le bateau fit escale à Oran. Puis, à Casablanca, les passagers furent débarqués et logés de force dans un camp. À Gustave Thibon, comme une lettre de testament, elle confiait la propriété de ses cahiers. Observant le ciel nu d'Afrique, elle écrivait à un ami : *Je penserai à toi en regardant Orion, que tu m'as montré jadis et qui est devenu aussitôt ma propriété personnelle. Être entouré de toutes parts par la Méditerranée est quelque chose de merveilleux. On accepterait, je crois, de passer toute une vie ainsi (du moins il me semble)...*

Le 7 juin, à bord du *Serpa Pinto*, un bateau portugais, ils quittèrent le Maroc. On lui raconta que Marcel Duchamp était à bord, mais à aucun moment elle ne chercha à le rencontrer. Elle fuyait les passagers des cabines. Elle avait en tête à l'inverse d'intégrer la quatrième classe et, en attendant en vain d'être rétrogradée par ces officiers qui la trouvaient folle, elle dormait sur le pont. Elle y rencontra un boy-scout qui s'occupait d'enfants réfugiés, et un déficient mental.

*

26 juin 1942, à Brazzaville, un volontaire chilien s'engageait dans les Forces françaises libres, sous le nom de Louis Mercier-Vega. La trentaine bien entamée, il avait bourlingué sur des navires marchands,

le long de la ligne sud. Il parlait un français sans accent. On recrutait à tour de bras les apatrides et exilés sans questionner plus, la Résistance était alors une sorte de corps de légionnaires. L'homme rêvait d'Alger et de débarquement, on le détacha au service de l'information du côté de Beyrouth. Celui qui se présentait comme un réfugié, tantôt sous le nom de Louis Mercier-Vega tantôt sous l'identité de Santiago Parane, n'était autre que Charles Ridel.

*

Le 6 juillet, après un mois de traversée et une escale aux Bermudes, le bateau entra dans le port de New York. Les premières nuits, les Weil résidèrent à l'hôtel, puis ils emménagèrent au 549 Riverside Drive, un immeuble en brique situé dans West Harlem, avec une vue sur l'Hudson. Un peu ahurie par Manhattan, plus impressionnée qu'elle ne l'eût cru, Simone déambulait au crépuscule, lorsque les rayons viennent rasant entre les blocs et que de grands traits d'une lumière orangée percent les artères jusqu'aux eaux. En flânant dans Harlem, elle ouvrit la porte d'un temple où on chantait un gospel.

On tenta de la décourager de rejoindre Londres et la Résistance mais elle multipliait les démarches, sourde à toute prudence. Elle écrivit quantité de courriers, jusqu'à interpeller Roosevelt lui-même. Elle recevait en guise de réponse des lettres types, d'autres parfois étaient plus clairement hostiles. Elle pressa deux anciennes connaissances, Jacques Soustelle et Maurice Schumann, de l'aider. Elle leur exposa son idée d'une formation d'infirmières de première ligne, et son souhait d'être envoyée en mission, parlant tantôt d'opération de sabotage, tantôt d'intégrer un mouvement clandestin sur le territoire. De guerre lasse, elle finit par convaincre le philosophe Alexandre Koyré d'écrire une lettre de recommandation à l'état-major. À sa mère, elle expliquait que l'oisiveté et la quiétude rongeaient son âme, et que si elle ne pouvait bientôt s'engager alors elle se rendrait dans les plantations du Sud pour travailler aux côtés des Noirs exploités. Elle enrageait d'être du bon côté de la barrière, toujours cette position de l'arrière qu'elle exécrait.

Au début du mois de septembre 1942, elle reçut des nouvelles encourageantes de Maurice Schumann. Il l'informait que sa lettre avait été transmise à André Philip, le commissaire à l'Intérieur et au Travail de la France libre. Tout en déclinant son projet de formation d'infirmières, Philip ne s'opposait pas à sa venue à Londres. Il annonçait sa prochaine visite à New York et fixait l'entretien pour le mois d'octobre. Malgré des réserves, il accepta qu'elle soit intégrée au bureau de Londres. Le 10 novembre, Simone Weil s'embarquait enfin sur un cargo suédois. Sur le quai, à ses parents, en guise d'adieu, elle confia : Si j'avais plusieurs vies, je vous en consacrerais une, mais je n'ai qu'une vie.

*

Après avoir passé environ deux ans en prison pour des menées antimilitaristes, puis détenu au camp du Cantal, Mohamed Saïl parvenait à s'évader et entrait en clandestinité. Durant l'Occupation, l'anarchiste kabyle se trouva une vocation de fabricant de faux papiers.

*

Londres la ravissait. Elle louait une chambre modeste dans le quartier de Notting Hill. Elle s'était liée d'amitié avec sa logeuse, Mrs. Francis, une veuve mère de deux enfants. Simone appréciait l'atmosphère de ce coin pauvre de Londres qu'elle quittait le matin tôt pour se rendre dans le cœur de la ville, au bureau de la France libre. Elle s'arrêtait en chemin à Hyde Park pour écouter les orateurs du Speakers' Corner, ébahie, amusée de l'esprit anglais et de la démocratie en acte, sur un plot. Elle regrettait d'avoir quitté la France l'année précédente. Le confort lui était insupportable. Elle s'était promis de partager la souffrance des humbles. Elle ne mangeait que le strict rationnement, refusait d'allumer le petit réchaud à gaz de sa chambre. Sur le sol, elle étalait ses papiers, posant de gros ouvrages pour que les feuilles ne s'envolent pas quand Mrs. Francis aérait en son absence. Le jour au bureau du renseignement, le soir, exaltée par l'engagement, elle rédigeait des notes pour Maurice Schumann, détaillant quantité de projets et stratégies militaires. On lui promettait de transmettre à de Gaulle ses observations, qu'on glissait dans la bannette. Elle se rendit au théâtre où elle assista à *La Nuit des rois*, et alla deux fois au concert de midi de la National Gallery.

Elle tenta pendant de longs mois de convaincre son ami et supérieur Louis Closon de l'envoyer en mission. Mais il craignait de la parachuter en France – redoutant qu'elle ne se fasse prendre et d'autres avec elle. Le courage n'est pas le sacrifice. Le courage n'est pas de mourir, résumait-il. Tous la protégeaient, et peu la moquaient, les idiots sans doute. Sa détermination forçait le respect et Schumann tout comme Closon admiraient son génie.

Elle avait quitté la pension pour une maison d'un étage qu'elle partageait avec d'autres locataires. À la mi-février, elle retrouvait dans un pub de Soho un condisciple de l'École normale supérieure, Jean Cavaillès. Lui aussi essaya en vain de la décourager. Impuissant, il l'engueula même et la sermonna. Mais comme en Espagne, elle n'écouta que son instinct et demeura déterminée. Elle se procura un casque de parachutiste et un manuel d'aviation, qu'elle étudiait le soir. Elle annotait l'ouvrage, mais d'une façon si abstraite qu'elle essuya encore un revers lorsque l'un de ses camarades de bureau fut choisi pour être parachuté derrière les lignes ennemies. Elle tenta de le persuader de lui laisser sa place, mais avant même qu'il ne cède, la mission était annulée. Elle enrageait de sa déveine. Elle se comparait à une pierre stérile sur laquelle le grain ne peut germer. Elle se désespérait et la dépression l'accablait. Elle s'oubliait dans son état. Elle se demandait si elle n'avait pas cherché en quelque sorte sa propre faiblesse, si comme en Espagne peut-être sa maladresse n'était pas le secours de sa peur. Elle écrivait à un ami : *Est-ce que la lâcheté en moi a trop bien calculé ? Car ma nature est lâche. Tout ce qui est pénible et dangereux me fait peur. Comment pourrais-je ne pas me mépriser ?*

Le 15 avril 1943, on la trouva effondrée sur le plancher de sa chambre. À l'hôpital Middlesex, on diagnostiqua les premiers symptômes d'une tuberculose. Au plus fort des crises, Simone Weil envoyait des lettres rassurantes à ses parents et à son frère, parlant du printemps, des oiseaux et des jardins en fleurs, cachant la maladie et ses projets empêchés. Elle préférait parler de la vue de sa chambre sur Portland Road, dépeignait de tendres aquarelles, *au haut d'un cottage, avec des branches d'arbres pleines d'oiseaux, et le soir d'étoiles, juste devant la fenêtre.* Alitée, elle feignait de raconter la vie de bureau, ses collègues, se perdait pour *faire vrai* en détails badins et amusés masquant le drame qui se jouait – et se disait *perfectly happy*. Par un effort absurde, elle rédigeait ses courriers d'une écriture ferme et entière, dissimulant tout ce qui aurait pu trahir sa fatigue.

Elle s'épuisait à remplir la seule mission qu'on avait bien voulu lui confier : la rédaction d'un texte en réponse à une question sur les possibilités de redressement de la France posée par le général de Gaulle, un *prélude à une déclaration des devoirs envers l'être humain*. Un projet qu'elle nommait dans ses carnets *L'Enracinement*. Jusque tard dans la nuit, ou tôt le matin, c'était selon, elle se penchait sur cette idée d'inversion de paradigme, non plus des droits humains dont découleraient des devoirs, mais des devoirs pour faire exister des droits. Un mouvement en trois parties, la première décrivant les besoins inhérents à l'homme et cette préséance des devoirs. Puis une étude des failles du monde moderne qu'elle situait dans le déracinement ouvrier et paysan, et relatif à la nation. C'était ensuite qu'elle détaillait ce qu'elle entendait par *enracinement* et les modalités pour y parvenir. Elle écrivait comme une description en filigrane de son état : *Mais les êtres qui malgré la chair et le sang ont franchi intérieurement une limite équivalente à la mort reçoivent par-delà une autre vie, qui n'est pas en premier lieu de la vie, qui est en premier lieu de la vérité.*

De la vérité devenue vivante. Vraie comme la mort et vivante comme la vie.

Son état ne s'améliorait pas, elle mangeait si peu et ses poumons étaient toujours si faibles qu'elle fut admise au Grosvenor Sanatorium d'Ashford, dans le Kent. Avant d'y être transférée, Simone Weil reçut la visite de Maurice Schumann revenu d'Alger. Entre les deux la discussion fut vive. Elle n'était plus que critique pour le mouvement de la Résistance. Elle lui reprochait jusqu'à son propre état de santé, arguant qu'en ami, en dépit de ses craintes, il aurait dû la laisser partir en mission plutôt qu'elle ne meure ici d'une insupportable passivité. Lors de leur dernier entretien, il lui offrit *Le Silence de la mer* de Vercors, elle lui rendit le roman sans lui adresser la parole.

Elle fut ravie d'apprendre que le sanatorium n'admettait que des ouvrières. Sa chambre donnait sur un arbre et des prés, un bout de campagne du Kent. La fièvre ne la quittait plus. Elle ne mangeait rien. Elle n'acceptait que du thé ou de l'eau, parfois lorsqu'on la forçait un jaune d'œuf battu dans du sherry. Dans ses lettres, elle évoquait les fous de Velázquez et de Shakespeare, prisonniers d'une vérité qu'aucun ne peut entendre. Elle répétait dans un semi-délire que sa nourriture devait être envoyée aux prisonniers de guerre en France. Asphyxiée et les poumons comprimés, Simone Weil s'éteignit dans son sommeil.

DES LETTRES

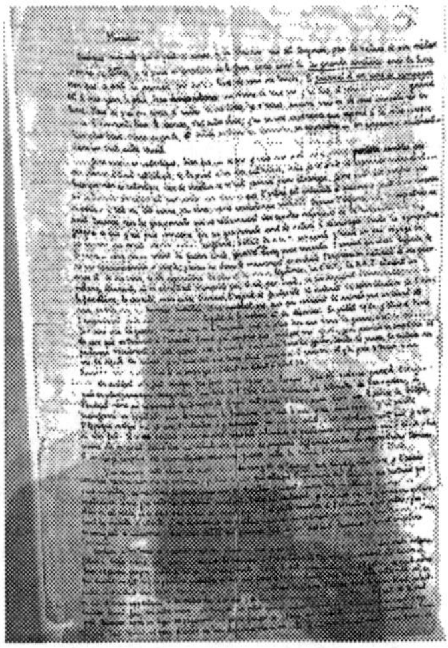

Deux ans après sa découverte dans le portefeuille de Georges Bernanos, la lettre de Simone Weil fut divulguée dans une publication confidentielle, le *Bulletin de la Société des amis de Bernanos*. Elle passa inaperçue.

*

Six ans plus tard, en 1954, la lettre est reprise dans la revue *Témoins* à l'initiative d'Albert Camus. Le texte est publié sans avertissement, simplement précédé d'une citation de *La Pesanteur et la Grâce.*

Sitôt parue, la lettre fait polémique dans les milieux anarchistes. Dans un courrier au rédacteur en chef, Camus justifie la publication et devance les attaques : *Il est naturel que la lettre de Simone Weil fasse du bruit. Mais la publier ne signifiait pas que nous approuvions tout ce qu'elle disait. Moi-même j'aurais à dire… Mais il est bon que la violence révolutionnaire, inévitable, se sépare parfois de la hideuse bonne conscience où elle est désormais installée.*

Dans une lettre adressée à la revue, en décembre 1954, un ancien camarade du groupe international de Pina entend répondre aux faits relatés et raconter l'histoire telle qu'elle fut pour ceux qui la payèrent de leur sang. Il signe Louis Mercier-Vega, notre Charles Ridel, qui, à présent journaliste au *Dauphiné libéré*, publie toujours sous pseudonyme dans *Le Libertaire* sous l'identité ou de Damashki ou de Santiago Parane.

La présentation des incidents, faits et événements, correspond-elle à la réalité que Simone Weil a connue lors de son séjour en Espagne ? De l'avis des survivants du groupe international de la colonne Durruti auquel elle appartint, non. La lettre prend la forme d'un droit de réponse. Tout en reconnaissant d'emblée que le document exhumé *donne un témoignage direct sur l'expérience espagnole de la défunte*, il critique la position de connivence avec son destinataire : *C'est le terrain de Bernanos qui est choisi*, au point selon l'auteur de la lettre d'en tordre les faits et de ternir la mémoire de ceux tombés au combat. Il précise : *L'affaire du jeune phalangiste fait prisonnier par les miliciens internationaux lui a été contée par ces miliciens eux-mêmes qui s'indignaient de ce que le jeune homme eût été fusillé à l'arrière, avec l'approbation, dans l'indifférence, ou sur ordre – la précision n'a jamais été obtenue – de l'état-major de la colonne. Les réactions de Simone Weil furent celles des combattants. Mais la recherche d'une parenté avec Bernanos l'incita à généraliser. Il n'est pas question de nier ou de minimiser les horreurs d'une guerre révolutionnaire, ni de dissimuler les instincts de certains miliciens. Ce qui est indispensable, c'est d'établir un tableau complet des sentiments ou des passions qui purent se donner libre cours, et non pas de juger les révolutionnaires en bloc.*

Il poursuit : *Quant à l'opinion exprimée par Simone Weil sur l'absence « d'une force d'âme capable de résister à l'ivresse du meurtre » chez les combattants étrangers, et sur de « paisibles Français qui baignaient avec un visible plaisir dans une atmosphère imprégnée de sang », on peut se demander sur quels exemples assez nombreux et significatifs semblables généralisations peuvent être établies. Pour notre part, nous avons connu des combattants venus en Espagne pour y mourir dignement, en communion avec le grand espoir révolutionnaire. À Gelsa, deux camarades italiens qui avaient toute possibilité de battre en retraite demeurèrent sur place, non par esprit de sacrifice, mais pour finir avec le sentiment de combattre à poitrine découverte. À Perdiguera, un volontaire bulgare refusa de suivre les débris du groupe international qui venait d'être écrasé, prétextant qu'il voulait protéger la retraite, mais en réalité pour avoir une mort de libre défi.* C'est un défaut de vue qu'il pointe, une façon de tordre la réalité pour l'adapter à une idée. Bernanos raconte les exactions nationalistes sur l'île de Majorque, ce qu'il a vu, entendu. Simone Weil forcerait le trait. *Enfin, que les paysans d'Aragon n'aient même pas été « un objet de curiosité » pour les miliciens nous semble une formule bien rapide. Quand nous avancions sur les terres misérables qui sont en bordure de l'Èbre, c'étaient des paysans de la région qui nous servaient de guides, c'étaient des paysans qui nous accueillaient dans les villages conquis, c'étaient des paysans qui se repliaient avec nous. Et quand nous quittâmes Pina, ce furent des paysannes qui vinrent nous remercier de les avoir protégées sans jamais leur avoir fait sentir notre présence.* Il conclut : *Ces quelques souvenirs, mon cher Samson, d'où l'affection pour Simone Weil sort intacte, mais qui expriment tout autant l'amitié pour ceux qui surent vivre aux dimensions de leur rêve, puisque aussi bien la justice ne change jamais de camp.*

Des enterrements

Deux ans plus tard, Mercier-Vega, alias Ridel récidive dans cette même revue, avec un article intitulé « Refus de la légende ». Nous sommes en 1956, l'insurrection de Budapest fait figure d'ultime espoir et il entend dénoncer l'héroïsme de pacotille et les révisions historiques. Il prône la mémoire juste et silencieuse, celle de ceux qui ont vécu libres et sont morts pour leurs idées. Une révolution espagnole dont il écrit qu'elle ne fut *ni une construction parfaite ni un château de légende.* Mais le lieu de l'engagement. Le choix d'un sacrifice. Il poursuit, contre les écrivains et leurs fictions : *Dans les trous creusés au flanc des collines d'Aragon, des hommes vécurent fraternellement et dangereusement, sans besoin d'espoir parce que vivant pleinement, conscients d'être ce qu'ils avaient voulu être. C'est un dialogue avec eux, un dialogue avec les morts que nous avons tenté, pour que demeure, de leur vérité, de quoi aider les survivants et les vivants. De tous ceux-là, et de milliers d'autres, il ne reste que des traces chimiques, résidus de corps flambés à l'essence, et le souvenir d'une fraternité. La preuve nous a été donnée d'une vie collective possible, sans dieu ni maître, donc avec les hommes tels qu'ils sont et dans les conditions d'un monde tel que les hommes le font. Pourquoi cet exemple ne serait-il valable que pour les heures de haute tension ? Pourquoi le destin ne se forgerait-il pas chaque jour ?*

*

Son nom : Angel Caro. Son âge : seize ans. Son lieu de naissance : Quinto. Son lieu de décès : Pina de Ebro. Il est un nom parmi tant d'autres qui ornent un mémorial à la gloire d'hommes assassinés et d'hommes assassins. Un mont érigé en expiation de la guerre civile. Une infamie à la gloire d'un dictateur et le caveau immense d'hommes de peu. Son nom est inscrit dans la pierre de ce mausolée qu'on nomme *la vallée de ceux qui sont tombés – Valle de los Caídos.* Une croix de cent cinquante mètres surmonte la montagne. Les sépultures de José Antonio Primo de Rivera et de Franco sont situées au pied de l'autel, du côté de la nef. Les ossuaires réunissent les dépouilles de 33 872 combattants inhumés anonymement. Parmi les 33 872 dépouilles, par un geste arbitraire, sont mêlés les morts fascistes et les républicains tombés au combat, sous réserve qu'ils aient été baptisés catholiques.

*

En octobre 2016, une plaque à la mémoire de SAÏL MOHAND AMEZIANE, MILITANT ANARCHISTE, a été posée sur le mur de sa maison natale dans le village de Taourirt en Kabylie. Mohamed Saïl était mort soixante-trois ans plus tôt, en 1953 à Bobigny, un an avant le début de la guerre d'indépendance en Algérie, qu'il appelait de ses vœux. À son enterrement, la légende raconte que Jacques Prévert était présent, et qu'à l'anarchiste kabyle, combattant de la colonne Durruti, il aurait dédié le poème *Étranges étrangers*. Il commence ainsi :

Kabyles de la Chapelle
et des quais de Javel
hommes de pays loin
cobayes des colonies
Doux petits musiciens
[...]
Étranges étrangers
Vous êtes de la ville
vous êtes de sa vie
même si mal en vivez
même si vous en mourrez

*

C'est une tombe qu'on ne fleurit pas, dans un cimetière qui ne paye pas de mine. Avec ses bancs en pierre répartis entre les arbres, l'endroit ressemble plus à un de ces jardins privés du centre de Londres. Dans le carré réservé aux catholiques, bien caché près d'une petite aubépine, sur une dalle de granit recouverte d'un tapis de feuilles, il est inscrit : SIMONE WEIL, 3 FÉVRIER 1909 – 24 AOÛT 1943.

Longtemps, la tombe ne porta aucune inscription, laissée à l'abandon. Les dames de la paroisse en parlaient comme de celle d'un indigent, sans savoir que ce dénuement aurait sans doute plu à Simone Weil. Les années passèrent, un sapin poussa contre la tombe, la terre cacha bientôt tout à fait la dalle. Disparaissait la Française, dont certains se rappelaient qu'elle avait défrayé la chronique. La presse avait alors parlé d'un suicide, à la rubrique faits divers cet entrefilet – *Death from starvation. French Professor's curious sacrifice.* Un curieux sacrifice. De temps à autre, un visiteur demandait à ces dames de l'accueil où trouver la tombe de Simone Weil. Des années après, en 1958, un comité s'était constitué pour qu'on offre une sépulture digne à cette hôte de renom. On avait rassemblé des fonds, et en accord avec la famille on fit poser une dalle et une plaque de marbre au pied de la stèle avec une autre inscription : EN 1942, SIMONE WEIL A REJOINT LE GOUVERNEMENT PROVISOIRE FRANÇAIS À LONDRES, MAIS DÉVELOPPA LA TUBERCULOSE ET MOURUT AU SANATORIUM GROSVENOR D'ASHFORD. SES ÉCRITS L'ONT ÉTABLIE COMME L'UNE DES PLUS GRANDES PHILOSOPHES MODERNES. À cette occasion, une cérémonie rassembla une dizaine de personnes et on lut le poème *Love* de George Herbert que Simone Weil aimait tant.

Dans une brochure qu'on trouve à l'accueil du cimetière, on peut lire le récit du jour de son enterrement. Il est dit que le 30 août 1943, au New Cemetery d'Ashford, sept personnes assistèrent à ses funérailles. Mrs. Jones, Mme Closon, Mme Rosin, le Pr Fehling, Simone Deitz et Maurice Schumann. Sa logeuse Mrs. Francis avait pris un jour de congé pour saluer une dernière fois « Miss Simone ». Elle déposa sur son cercueil un bouquet de fleurs attaché d'un ruban tricolore qu'elle avait cousu le matin.

Il est écrit aussi qu'on demanda à un prêtre de venir et qu'il manqua son train.

Note de l'auteur

Les écrits du « Journal d'Espagne », les lettres et poèmes sont inscrits en italiques. Ainsi que les récits des camarades de Simone Weil, et de ceux qui croisèrent sa route à l'été 1936.

Les faits relatifs à la vie de Simone Weil prennent appui sur la biographie de son amie Simone Pétrement (*La Vie de Simone Weil*) – et sur les livres de Laure Adler, de François L'Yvonnet et de Christiane Rancé.

L'histoire d'Angel Caro et de son père Daniel n'aurait pu être racontée sans les recherches et les paroles recueillies par Phil Casoar et Ariel Camacho pour leur article « Le petit phalangiste » ; le déroulement des événements, la traduction des articles et des archives sont issus de ce reportage. Tout comme le parcours de Charles Ridel (ou Louis Mercier-Vega) et de Charles Carpentier sans le concours de l'ouvrage *Présence de Louis Mercier* (en particulier les articles de Phil Casoar

« Avec la colonne Durruti : Ridel dans la révolution espagnole » et « Louis Mercier, Simone Weil : retour sur une controverse ») ; et l'édition de *La Chevauchée anonyme* de Louis Mercier-Vega, comprenant le texte « Ni l'un ni l'autre camp » de Charles Jacquier et le témoignage de Marianne Enckell intitulé « In Memoriam ».

Les Fils de la nuit. Souvenirs de la guerre d'Espagne retrace le chemin des autres compagnons du groupe international. Pour l'un d'entre eux, Mohamed Saïl, ses écrits politiques ont été rassemblés sous le titre *L'Étrange étranger. Écrits d'un anarchiste kabyle.*

L'auteur remercie les conservateurs de la Bibliothèque nationale de France pour leur aide et l'accès au fonds Simone Weil dont la lettre adressée à Georges Bernanos.

Crédits

Pour les citations au fil du texte

Manuel Vilas, *Alegría*, traduction Isabelle Gugnon © sous-sol

Simone Weil, « Journal d'Espagne »

Simone Weil, *Œuvres complètes, Cahiers IV* © NRF, Gallimard

Mohamed Saïl, *L'étrange étranger, écrits d'un anarchiste kabyle* © Lux

Charles Ridel & Charles Carpentier, « Avec la colonne Durruti », reportage pour le Journal *Le Libertaire*

Simone Pétrement, *La vie de Simone Weil* © Fayard

Simone Weil, « Lettre à Georges Bernanos »

Werner Herzog, *Sur le chemin des glaces*, traduction Anne Dutter © Payot

Georges Bernanos, *Les grands cimetières sous la lune* © Points

Simone Weil, *La pesanteur et la grâce* © Plon

Simone Weil, « Réflexions pour déplaire »

Phil Casoar & Ariel Camacho,
« Le petit phalangiste », paroles des témoins
et les extraits de presse traduits de l'espagnol,
revue *XXI*

Albert Camus, compte-rendu des *Grands cimetières sous la lune* pour *L'Alger Républicain*

Simone Weil, « Lettre à Gustave Thibon »

Simone Weil, *L'Enracinement* © NRF, Gallimard

Louis Mercier, alias Charles Ridel,
« Refus de la légende », *Revue Témoins,*
numéro 12-13.

Jacques Prévert, « Étrangers étrangers »,
Grand bal du printemps © NRF, Gallimard

Pour les photographies

Georges Bernanos à Majorque sur sa moto,
1936 © Archives familiales

Mohamed Saïl avec la colonne Durruti,
groupe international, 1936 © Droits réservés

Sous-bois à la sortie de Pina de Ebro
en direction du fleuve,
photographie de l'auteur © Droits réservés

Lettre originale de Simone Weil à Georges Bernanos,
photographie de l'auteur © Droits réservés

Tombe de Simone Weil, cimetière d'Ashford,
photographie de Patti Smith © Droits réservés

Portrait de Simone Weil
devant le siège du P.O.U.M. en août 1936
© Archives familiales

Cet ouvrage a été composé
par PCA
et achevé d'imprimer en France
par CPI BRODARD & TAUPIN (72200 La Flèche)
pour le compte des Éditions Stock
21, rue du Montparnasse, 75006 Paris
en décembre 2021

PAPIER À BASE DE FIBRES CERTIFIÉES

Stock s'engage pour l'environnement en réduisant l'empreinte carbone de ses livres. Celle de cet exemplaire est de :
400 g éq. CO_2
Rendez-vous sur www.editions-stock-durable.fr

Imprimé en France

Dépôt légal : janvier 2022
N° d'édition : 01 - N° d'impression : 3046331
86-51-4460/0